KB084281

Anyway Anywhere

담아, 봄

담아, 봄

초판 1쇄 2024.06.30.

지은이 정담아 @jeongdam_01
그림 조은 @bookshopanalog
펴낸곳 달그랑출판사

ISBN 979-11-980368-3-4

담아, 봄

정담아 지음

봄의 순간을

당신에게

PART 2. 당신에게 담아, 봄

워케이션에서 띄운 편지

PART 3. 또 다시, 봄

일상으로 돌아온 편지

떠나기 전,

글을 쓰겠다고 직장을 그만두면서 홀로 약속했다.

'딱 3년, 그 안에 성과가 나지 않으면 가망이 없다는 뜻으로 알고 깨끗하게 접자.'

나와 약속한 시간이 속절없이 흘러가고 있었다. 마음이 점점 조급해졌다. 깨끗하게 돌아설 준비가 되지 않았다. 최대한 질척대고 엉망이 될 때까지 뒹굴어봐야 직성이 풀릴 것 같았다. 실낱같은 희망이라도 쥐고 흔들어대고 싶었다. 그럴수록 구렁텅이 속으로 빠져들었다. 성과 없이 돌아가는 쳇바퀴에서 빠져나오겠다고, 보이는 북페어마다 신청했고 조금이라도 관심을 보이며 다가오는 사람이 있으면 기획한 프로그램을 아낌없이 내보였다. 제안해오는 일은 마다하지 않았다. 제대로 된 결실은 하나도 없었다.

피폐해진 몸과 마음만 남았을 뿐.

만신창이가 된 채 수렁에서 허우적대는 나와 상관없이 세상은 여전히 태연하게 돌아갔다. 워라밸, 힐링, 웰빙이 대세인 동시에 자기계발, 미라클 모닝, 리추얼이 인기였다. 나 역시 여유로운 쉼과, 일을 통한 성취감을 모두 원했지만 현실은 둘 중 하나만 손에 닿아도 감사할 따름이었다. 그러다 문득 어렴풋이 두 가지를 포갤 수 있는 마법같은 단어가 떠올랐다.

워케이션.

발음을 할 때마다 입에서 봄바람이 불어오는 것 같았다. 건조하게 부스럭대는 현실에 촉촉한 꽃내음이 흩날렸다. 노트북만 들고 훌쩍 떠나면 어디서든 자유롭게 일할 수 있는 여유라니. 제주북페어와 책방 프로그램 등 업무 일정을 중심으로 계획을 짰다. 서울에서 출발해 군산, 정읍, 변산, 광주, 나주, 목포, 제주로 이어지는 약 한 달 간의 일정이었다. 마음껏 즐기고 멋지게 쓰는 워케이션을 꿈꿨다.

현실은 계산기를 두드리며 매일 마감 압박에 시달리는 날의 연속이었다. 애초에 자유와 일은 나란히 둘 수 없는 성질의 것임을 온몸으로 확인했다. 그럼에도 일상에서 살짝 벗어난 덕에 매일 달리던 쳇바퀴에 틈을 낼 수 있었고, 그 사이로 인연이 스미면서 기적이 싹 텄다. 마감 압박에 시달리며 질겅질겅 씹어댔던 균형감의 비틀어진 균열을 비집고 근사한 순간이 펼쳐졌다. 물론 그보다 더 많은 시간을 삐걱대고 기우뚱거리는 삶의 균형추를 맞추기 위해 버둥거려야 했다. 어디서나 삶은 지속되었으니까.

그리하여,

어떻게든 살아냈다.
봄과 함께.

PART 1. 나의 봄을 담아

봄에 떠난 워케이션

첫번째 봄,

마법사와 연인, 그리고...

여러 번의 봄을 지날수록 몸에 짙게 밴 습관들이 늘어간다. 입술과 손끝도 예외는 아니었다. 툭하면 자주 웅얼거리고 끄적이는 단어가 생겼다.

프리랜서, 돈, 시간, 피로, 지속성, 좋아하는 것.

낱말 사이 빈 틈을 메워 보면, '직장을 그만두고 좋아하는 걸 하겠다고 뛰어든 프리랜서 세계에서 생존하기 위해 발버둥치는 삶'이랄까. 그 문장 그대로 나는 그 어느 때보다 바삐 달렸다. 하나의 목표 지점을 향해 전력질주한 게 아니라 어디에 숨어 있을지 모를 보물을 찾아 이리 뛰고 저리 뛰었고, 그러는 동안 내가 서 있는 곳조차 알 수 없을 때가 많았다. 어디쯤 와 있는지, 어디로 가야하는지, 얼마나 더 가야

하는지 도무지 갈피를 잡을 수 없어 그저 같은 자리를 맴돌며 중얼거렸다.

'아, 집에 가고 싶어.'

놀랍게도 그 말을 뱉을 때마다 나는 집에 있었다. 지출을 줄이기 위해 작업실은커녕 카페마저 자주 가지 않고 웬만한 작업은 모두 집에서 꾸역꾸역 했으니까. 그럼에도 늘 '집'에 가고 싶었다. 집에서 작업을 하기 시작하면서부터 집은 더 이상 내게 쉼을 주는 공간이 아니었다. 24시간 내내 늘 신경이 곤두섰다. 좋아하는 일을 하겠다고 나섰지만 좋아하는 '일'에 내 일상 전부가 먹혀버린 기분이었다. 일이 싫어질 때마다 '좋아하는' 것으로 도망쳤지만, 좋아하는 '일'이 나를 지치게 할 때는 더이상 갈 곳이 없었다. 게다가 집마저 좋아하는 '일'이 삼켜버렸다. 그래서였다. 계산기를 두드리며 몇 날 며칠 고민했던 제주 숙소를 예약해버린 건.

제주행을 처음 결심한 이유는 일 때문이었다. 3월 말, 책방에서 진행하는 프로그램 때문에 군산에 갈 일이 생겼다. 그런데 4월 초, 제주에서 북페어가

열린다는 게 아닌가! 군산을 갔다 다시 서울을 찍고 제주를 가는 게 너무 번거로울테니 아예 군산 일정을 마치고 제주로 향해야겠다는 생각이 번뜩 스쳤다. 물론 숙소를 예약하기까진 꽤 시간이 걸렸다. 비용도 만만치 않을 뿐더러 이것저것 알아볼 에너지와 시간도 없었으니까. 그때 마침 구실이 생겼다. 5월에 진행하기로 한 '문장전' 설치를 위해 4월 말, 어쩔 수 없이 또 군산에 들러야 했다. '운명'이나 '신의 계시'라는 말은 이럴 때 쓰라고 존재하는 게 아닐까? 어차피 군산을 또 가야 하니, 군산-제주-군산-서울 일정을 짜야겠다고 마음 먹었다. 실은 어디로든 떠나고 싶었다. 그럴 듯한 핑계가 필요했을 뿐.

일정자체가 일 중심으로 짜였기에 애초부터 '쉼'이 가득한 여행을 꿈꾼 건 아니었다. 그저 그동안 '일'로 기울었던 중심축을 '좋아하는' 쪽으로 조금 더 기울이고 싶었다. 그러기 위해선 출발 전 최대한 열심히 움직여야 했다. 작업 공간이 되어 버린 집에 마음의 짐을 내려두고 가벼이 떠나고 싶었다. 하지만 출발 날짜가 다가오도록 제대로 준비된 건 하나도 없었다. 결정된 건 군산과 제주에서의 숙소, 목포에서 출발하는 제주행 배편이 전부였다.

군산에서 진행할 프로그램, 워케이션과 함께 시작될 구독 서비스, 제주 북페어와 4월 말에 설치할 문장전, 그리고 원래 루틴이었던 네이버 프리미엄 콘텐츠 연재와 시나리오 작업까지. 뭐 하나 제대로 준비되는 것 없이 엉망으로 꼬인 실타래를 쥐고 서 있는 기분이었다. 하지만 엉킨 실을 풀 물리적 시간도, 마음의 여유도 없었다. 일단 차에 전부 실었다. 하고 있던 것들, 해야 할 것들, 할지도 모를 것들 모두. 트렁크와 뒷좌석을 노트북과 키보드, 아이패드, 책과 굿즈, 자와 칼, 펜과 가위, 종이와 편지지, 봉투, 필기도구, 옷 따위로 잔뜩 채우고 문을 쾅- 닫았다. 동시에 소리도 꽥- 내지르고 싶었다. 단전 아래서부터 끓어오르는 굉음 한 바가지를 뱉어버리면, 잔뜩 엉켜버린 속내가 조금은 풀리지 않을까 싶었다.

그저 풀썩 바닥에 주저 앉고 싶던 그때, 문득 '마법사'가 떠올랐다. 타로 메이저 카드 1번 마법사. '워케이션을 잘 보내고 올 수 있을까?'라고 물었을 때, 타로가 내게 준 답이었다. 메이저 카드가 떴다는 것 자체가 강력한 기운이 들어왔다는 걸 의미한다. 게다가 숫자 1의 마법사라니! 새로운 시작과 탄생을 의미하는 1과 함께 등장하는 이 마법사는 타로에 나오는 4가지 모든 원소를 쥐고 있는 인물로 모든 가능성을 품고 있다. 당연히 자신감과 매력도 흘러넘친다. 그러니까 그게 바로 나라는 말씀!

다시 정신을 차리기로 했다. '그래, 내가 차에 실은 건 짐이 아니라 수많은 가능성이야! 이제부터 붕붕붕 자유롭게 떠나는 거야!' 힘이 빠져가던 두 다리에 다시 힘을 주고, 새로운 시작 앞에 섰다. 무한한 가능성과 매력을 품에 안고.

뒤죽박죽한 물건에 가능성이란 이름을 붙이고 얼기설기 뒤엉킨 마음엔 매력이란 최면을 건 채 첫 번째 미션인 군산 책방에서의 프로그램을 꾸역꾸역 마쳤다. 남은 시간은 대부분 다른 사람들과 함께 보냈다. 서울에서 함께 출발한 엄마, 프로그램을 진행했던 책방의 사장님, 서울에서 내려온 친구들과 식사를 하고, 술잔을 기울이고, 이야기를 나누었다. 그 수많은 순간 중에 가장 기억에 남는 건 서울에서 '여행' 온 친구들이 내어준 시간이었다. 그들과 함께 보낸 밤 속에선 으레 친구 셋이 만나면 하는, 먹고 마시고 이야기하는 것 말고 또 다른 하나가 더 있었기 때문이다. 바로, 일!

놀러와서 그게 무슨 뚱단지 같은 소리냐 싶겠지만 일은 벌어지고야 말았다. 근황토크를 하다보니 문장전과 제주 북페어 이야기가 나왔고, 그걸 준비했던 내 수고를 듣던 두 사람은 '같이 하자!'고 제안했다. 그게 굉장히 귀찮은 일이고, 당신들은 이곳에 여행 온 것 아니냐고 말했지만 소용없었다. 결국 우린 뜨끈한 숙소에 엉덩이를 붙인 채 밤 늦도록 윤종신, 전람회, 성시경을 넘나들며 종이를 접었다.

그 따스한 밤을 지나며 문득 '연인'이 생각났다. '이번 워케이션을 잘 보내고 올 수 있을까?' 하는 질문에 내가 뽑아든 또 다른 카드가 바로 '연인'이었기에. 물론 연인은 말 그대로 '애인'을 뜻하기도 하지만 세상에 사랑이 오가는 사이가 꼭 연인 관계 뿐이

겠는가. 언어의 규정을 받지 못한 수많은 종류의 애정부터 우정, 정, 연민 등 다른 단어로 표현되는 마음까지 그 미묘한 감정으로 엮인 우호적인 관계를, 연인 카드는 품고 있지 않을까? 그러니 단순 노동을 좋아한다며, 야물지 못한 내 손을 믿을 수 없다는 말로 나의 미안함을 다독이고는 밤새 함께 종이를 접어준 친구들이 연인이요, 그들의 따스한 마음이 바로 애정이 아닐까?

'워'케이션으로 채운 밤을 지나 새로운 아침을 맞이 했을 때 우리는 비로소 진정한 워'케이션'으로 들어섰다. 느지막이 일어나 조식을 먹고, 서서히 잠에서 빠져나와 은파 호수 공원으로 향했다. 부서진 햇볕에 반짝이는 물결과 그 곁에 고요히 잎을 활짝 펼친 벚꽃을, 눈이 시리도록 바라봤다. 그리고 걸었다. 양팔을 마음껏 내저어도 넉넉하고, 스칠 때마다 피어오르는 봄을 느낄 수 있을만큼 활기찬 시간을. 겨울 내내 꽁꽁 묶여 있던 긴장을 푼 봄은, 제법 느슨해진 틈 사이로 온갖 생명의 숨결을 잔뜩 머금고 있었다. 그 간질간질하고 따스한 바람이 호숫가를 걷는 내내 두 뺨과 머리칼을, 귓등과 목덜미를 스쳤다. 옷이 바람에 펄럭여도 전혀 춥지 않았다. 따스한 봄볕이 함께했으니까. 자신의 시간을 잃어버린 지구가 준 선물이었다.

3월 말, 예년 같았으면 절대로 만끽하지 못했을 풍경이었다. 시간을 잃고 헤매다가 겨울을 밀어내고 성큼 와버린 봄이, 유래없이 계절보다 앞서 터져버린 꽃봉오리들이 준 보석같은 시간이었다. 종잡을 수 없는 지구의 변덕 때문에 마냥 설레기만 할 순 없었지만 그럼에도 아름다웠던 것도, 위로를 받았던 것도 사실이었다. 정신없이 여기저기 뛰어다니만 했던 시간 속에선 도무지 마주할 수 없었던 장면이었으니까.

나도 그해 봄처럼 시간과 방향을 잃었다고 생각했다. 그런데 길 잃은 봄 덕에 아름다운 위로를 얻고 나니 작은 기대가 생겼다. 도무지 앞을 알 수 없어 방황하는, 그저 엉킨 실타래만 쥐고 있는 내게도 이런 마법같은 순간이 찾아오지 않을까. 게다가 내겐 멋진 인연이 함께하지 않은가. 그래서 조금 더 궁금하다. 나 혼자 걸어가는 길도, 나와 만날 또 다른 존재와 함께 만들어갈 시간도.

앞으로의 봄이 더 설레는 이유다.

두번째 봄,

"꼭 그걸 먹어야 하나요?"

"이 책은 꼭 읽어봐야해."

"요즘 이 노래가 유행이래."

스무 살에 만난 첫사랑이 자주 입에 달던 말이다. 그럴 때마다 나는 시큰둥하게 대답했다.

"남들이 하는 걸 꼭 해야 해?"

"남들이 다 해서 싫어!"

입을 삐죽이며 그 애가 내미는 것들을 밀어냈지만 결국 그 애 손을 잡고 중앙 도서관에서 빌린 《태백산맥》과 《한강》에 푹 빠졌고, 당시 인기 있던 음식점을 돌며 수많은 그릇을 싹싹 비워냈다. 엄마는 그런 내 첫사랑을 유독 마음에 들어했는데, 생각해보면 두 사람의 성향은 꽤나 비슷했다. 남들이 하는 대로 대세를 따르는 습성. 항상 약간 삐딱선을 타는 나와 달리 안전하고 효율적인 쪽을 택하는 주류적 특성. 여행을 갈 때면 엑셀파일로 꼭 가야할 곳과 일정을 정리해 나를 놀라게 했던 그 애와 조금 다르긴 했지만, 남들이 가는 곳을 가야 한다는 기본 신념은 엄마에게도 있었다.

이번 워케이션의 시작을 함께 했던 엄마는 '무조건 네가 하고 싶은대로 하라'고 말하면서도 '음식하면 최고인 전라도'에 왔으니 '당연히 걸게 한 상 먹어야 한다'고 말했다. 내심 엄마와의 식사 메뉴를 고민했던 나는, 엄마의 '전라도에 가면~'이라는 레퍼토리가 반복될 때마다 계획했던 식당 리스트를 지워갔다. 그리고 결국 은파호수공원 근처의 매운탕집으로 향했다. 그곳은 김치 두어 종류만 나왔던 서울 매운탕 집과는 달리 '전라도답게' 다양한 반찬이 나왔고, 그 찬들은 과연 '전라도스럽게' 하나같이 제 몫을 성실히 해냈다. 덕분에 엄마의 얼굴엔 함박 웃음꽃이 피었다. 그게 이번 워케이션에서 '전라도다운' 처음이자 마지막 식사였다.

"남들 가는 곳을 꼭 가야해?"

여행을 갈 때마다 내가 자주 하는 말이다. 여행 가기 전 정보 수집하는 것 자체를 귀찮아 하긴 하지만 그럼에도 나름의 엉성한 계획표를 만들 때마다 유명한 관광명소, 인기 있는 맛집들은 내 리스트에 없을 때가 많았다. 사람들이 붐비는 곳을 별로 좋아하지 않기도 하지만 남들이 가는 곳은 가고 싶지 않은 이상한 심보 때문이다. 그런 내가 군산에서 가장 좋아하는 식당은 바로 스페인 음식점이다.

첫 만남은 우연으로 시작되었다. 남들이 다 가는 관광 명소를 피해 그저 어설픈 별 사이를 어슬렁 거리고 있었다. 그러다 우연히 발길이 닿은 곳이 바로 영화시장. 처음 눈길을 사로잡은 건 입구에 보이는 방앗간이었다. 시장 어귀에 살던 어린 시절엔 매우 익숙했던 그 풍경이 이제는 좀처럼 볼 수 없는 귀한 장면이 되었기에 예상치 못한 반가움이 내 발목을 잡아 끌었다. 소란을 찾아볼 수 없는 고요한 시장 안으로 들어섰다. 대부분 문을 닫은 상점 안을 자세히 들여다 보았다. 유독 눈길을 끄는 곳이 있었다. 작지만 예사롭지 않은 느낌이 닫힌 문 틈 사이로 새어 나왔다. 그 자리에서 인터넷 검색을 해보았다. 후기와 평점이 나쁘지 않았다. 그래, 오늘 저녁은 너로 정한다! 그렇게 그곳과의 인연이 시작되었다.

첫 방문부터 매우 흐뭇했다. 음식 맛도, 분위기도 훌륭했다. 바(bar) 자리에서 보이는 깔끔한 조리 과정도, 무심하게 기본을 다 하는 서비스도 마음에 들었다. 다른 곳에서 잘 보지 못했던 신선한 메뉴도, 흔하디 흔한 감바스도 감동적이었다. 마늘과 올리브 오일, 새우 그리고 페퍼론치노. 그 어떤 것도 과하게 들어가지 않았음에도 단정하고 깊은 맛을 냈다. 일부러 화려하게 꾸미지 않은 맛, 정직하고 단단하면서도 품위 있는 맛. 그 어려운 길을 뚜벅뚜벅 가는 느낌이었다. 친구는 이 정도의 올리브 오일이라면 텀블러에 넣고 들고 다니면서 벌컥벌컥 마실 수도 있다고 말했다. 연속 이틀이나 방문했지만 주문한 메뉴와 앉은 자리, 함께한 사람과 그날의 분위기에 따라 매번 다른 맛을 내는 그곳은 여전히 질리지 않는다.

스페인식 저녁을 만끽한 다음 날 오후는 중식이었다. 그곳 역시 계획에 없던 장소였다. 애매한 일정과 동선 때문에 어쩔 수 없이 선택한 결과였다. 친구들까지 왔는데 이런 곳을 가는 게 맞을까 조금 걱정이 되기도 했지만 '나름 맛집'이라는 귀띔에 용기를 내어 문을 열었다. 주문을 넣자마자 주방 안에서 튀김옷을 분주하게 입히는 손길이 보였다. 그 순간 마음 속으로 '합격'을 외쳤다. 미리 튀겨 둔 탕수육을 데우는 게 아니라 바로 튀김옷을 입혀 조리한다면, 그런 태도로 만드는 음식이라면 맛이 없는 게 더 어렵지 않은가. 실제로 우리 앞에 펼쳐진 음식은 하나같이 맛있었다. 특히 탕수육은 부먹파도 찍먹파로 만들만큼 씹을 때마다 바삭한 튀김옷이 입 안에서 경쾌하게 부서졌다.

상추튀김이 유명하다는 광주에서는 길을 걷다 우연히 바글대는 후토마끼 집에 들어가 좋아하는 소바 후토마끼를 먹었고, 나주곰탕 거리에서는 신나게 구경하던 작은 박물관 옆에 자리한 식당에 들어가 애호박찌개를 먹었으며, 먹거리 고장 목포에서는 현지인이 운영한다는 가성비 좋은 베트남 음식점에 갔다. 통화할 때마다 무엇을 먹었냐고 묻던 엄마는 '먹을 거 많은 전라도 가서 무슨 청승이냐'며 타박했지만 나는 대부분 내 선택에 만족했다.

반드시 해야한다는 것들은 다수의 선택이다. 당시의 많은 이들이 택한 것일 수도 있고, 오랜 시간을 지나오면서 수많은 이들의 선택이 쌓인 결과일 수도 있다. 그런 목소리와 시간이 만들어낸 흐름은 자연스럽기도 하지만 때론 그 반대인 경우도 있다. 이를테면 '전라도스러운' 것들. 물론 전라도 지역만의 특색이 있긴 하지만 사람들의 기대가 만들어낸 이미지가 있다. '걸게 나오는 한 상' 같은. 이미 그 지역 사람들은 더 이상 '걸게' 식사를 하지 않지만 변화하는 흐름 속에서도 여전히 '걸게 나오는 한 상'이라는 관광객의 기대를 충족하기 위해 과거의 스타일을 고수하는지도 모른다. 나주곰탕거리에 사는 사람도 곰탕만 먹진 않을 것이고, 전라도에 사는 사람도 가벼운 한끼와 브런치를 즐길 수 있지 않을까?

그런 자연스러움을 만나고 싶었다. 관광객들

이 붐비는, 자본과 미디어가 만들어낸 화려한 맛집 말고 현지인들이 자주 찾는 소박하지만 묵묵한 맛집. 크진 않지만 성실과 자부가 느껴지는 그런 공간을 만날 때마다 반가웠다. 그곳에서 마주하는 생소한 자연스러움이 좋았다. 이를테면, 서울에서는 흔치 않은 중국 음식점 김치라든가, 서울 백반집에서도 좀처럼 만나기 힘든 갓김치를 콩국수 집에서 다른 종류의 김치와 함께 만나는 기쁨 같은. 아주 사소하지만 놀라운 순간이 반가웠다.

목포 항구를 걸을 때 스쳤던 배 위 수많은 이주 노동자나 '국제결혼'과 '한국어 과외' 광고를 내건 베트남 식당은 얼핏 보면 전혀 '전라도스러운' 풍경은 아니었다. 하지만 그건 철저히 외부자인 내가 그린 이미지 속에서 덜컥거리는 것일 뿐 이미 그건 매우 '전라도스러운' 풍경이었다. 무지가 만들어낸 나만의 삐뚤어진 시선으로 온전히 그들과 같은 현지인이 될 수는 없겠지만 그들과 나란히 걷고 싶었다. 이방인의 시선을 내려놓고.

세 번째 봄,

봄, 벚꽃, 그리고 책

서울, 춘천, 수원, 군산, 목포, 대구.

여기저기서 북마켓을 참여했지만 제주는 처음이었다. '처음'이 주는 묘한 불안과 빳빳한 긴장감이 올라왔지만 팽팽하게 늘어난 신경줄 사이로 막연한 설렘이 문득문득 튀어나왔다. 어쩌면 기억 속 첫 제주가 떠올랐기 때문일지도 모른다.

십 년 전 봄, 나는 생애 첫 제주행 비행기에 올랐다. 캐리어 속엔 한 달 반 동안 게스트 하우스 스태프로 지낼 짐이 들어 있었다. 그래서일까. 제주가 내게 주는 느낌은 이색적인 여행지보다는 친근한 고향 쪽에 가까웠다. 팍팍한 일상에서 지친 나를 내려놓고 쉴 수 있는 곳, 주어진 시간 속에 야무진 일정을 빼곡히 채워넣을 필요 없이 그저 늘어져 있어도 되는 곳. 그런 장소였기에 분주한 일상 속에 지쳐갈 때마다 제주행을 떠올리며 살랑이는 바람을 꺼내보곤 했다.

그러면서도 여전히 '처음' 참가하는 '북페어' 때문에 완전히 마음을 놓을 순 없었다. 당시 출판한 독립출판물은 총 4권. 분명 주어진 테이블을 채울 순 있지만 그것만으로는 뭔가 부족했다. 굿즈나 장식 없이 심플한 설명 몇 줄과 무심히 쌓아놓은 책만으로 멋짐을 발휘하기엔 나라는 브랜드가 너무도 빈약했다. 게다가 북페어 참가 횟수가 늘어날수록 매번 같은 구성을 내놓기에 좀 민망한 마음이 들었다. 나름 책을 즐기는 축제 아닌가. 책을 좋아하든 그렇지 않든 그 공간에 머무는 모두가 책과 글이 주는 감동을 느낄 수 있었으면 하는 바람이 있었다. 더욱이 제주북페어는 그 규모도 크고 호응도 좋다는 말을 들었기에 시작 전부터 의욕이 흘러넘쳤다. 수많은 참여자 중 하나일 뿐이지만 적어도 내 몫을 잘 해내고 싶다는 욕심이 생겼다.

그림엔 재주가 없기에 이미지를 넣은 굿즈는 포기. 글이나 문장과 관련한 무언가를 만들고 싶었다. 마침 5월에 예정된 문장전을 준비하던 참이기도 했다. 이참에 표지마다 장식했던 은은한 파스텔톤에서 벗어나 알록달록함에 도전해보기로 했다. 대체로 담담하고 담백하다는 평을 듣는 내 글과 화려한 색이 맞을까 조금 고민 되긴 했지만 최대한 글의 분위기에 맞춰 색을 뽑았다. 며칠 동안 몇 번의 수정을 거쳐 에세이 한 편씩 담은 '달그랑 한 편'과 작은 아코디언북 4편이 들어간 '알록달록 포켓북'을 완성했다. AI가 따라올 수 없는 휴먼 터치를 가득 담은 눈물겨운 결과물이었다.

드디어 북페어 당일. 적당한 바람과 따스한 햇살, 그 완벽한 날씨를 가르는 걸음은 조금 싱숭생숭 했다. 부스와 테이블 세팅 때문이었다. 사실 그동안 마켓에 참여할 때마다 부스 배치는 별로 신경 쓰지 않았다. 판매자보다는 글 작가로서의 정체성이 크기도 했고, 예쁜 세팅을 위해 들여야 하는 품-이를 테면 엄청난 검색과 시행착오에 쓰는 돈과 노력-도 아끼고 싶었다. 하지만 어쩌면 그 모든 건 그저 게으른 나를 위한 변명에 불과하다는 생각이 들었다. 글 작가라 스스로를 소개할 수 있을만큼의 깜냥도 안 되었고, 1인 출판사를 운영하는 입장에서 판매와 유통, 홍보 모두 내 몫인 게 현실이었다. 다른 사람들만큼은 아니지만 최소한의 노력은 해야겠단 생각이 들었고 그럴수록 긴장도 올라왔다. 준비한 많은 것들을 주어진 공간에 어떻게 효율적으로 놓을지, 어떻게 해야 수많은 팀 사이에서 눈길 한 번이라도 받을지 걱정하느라 테이블 위를 오가는 손길이 자꾸 머뭇거렸다.

세팅을 겨우 마치고 자리에 앉은 후에도 초조함은 좀처럼 가시지 않았다. '작년에 비해 더 많은 사람들이 몰렸다'거나 '불티나게 책이 팔린다'는 말이 둥둥 떠다닐 때마다 내가 서 있는 공간에서 벌어지고 있는 일이 맞나 싶었다. 그나마 어린이 독자층을 타킷으로 한 책이 많이 팔렸다는 말을 위안 삼기도 했지만 한편으로는 더 힘이 쏙 빠지기도 했다. 내게는 꼬마 손님들의 시선을 끌 아이템이 전혀 없었으니까. 서글픔과 함께 포기를 다짐할 때쯤 반가운 발길이 다가왔다. 무려 서울에서 온 손님이었다. 내가 진행했던 글쓰기 워크숍에서 만난 지인이었다. 이곳에서 만나게 될 줄이야. 눈치없는 끈적한 애정이 아닌 묵묵한 응원을 그득 담은 방문은 꽤나 감동적이었다. 게다가 그는 손님이 몰릴 때 판매를 도와주었고 테이블 세팅에 대한 조언도 아끼지 않았다. 직선으로 말하지만 뾰족하지 않은 화법과 적당한 온기를 머금은 산뜻한 마음이 좋았다.

뜻밖의 만남은 다음날에도 이어졌다. 글 쓰는 걸 좋아한다는 어떤 분은 내 책 하나 하나에 관심을 가져주었고, 꽤 오랜 이야기를 나눈 뒤 굿바이 대신, 서울에서의 '다음'을 기약하며 떠났다. 메일로 입고 및 정산 이야기와 막연한 안부만 전했던 책방 지기님들을 만나 반가운 인사를 나누기도 했고, 한 작가님으로부터 추천을 받아 방문했다는 책방 대표님도 만났다. 그들이 건넨 미소와 눈빛, 수많은 문장들이 피로에 지쳐가는 나를 번쩍번쩍 들어 올렸다. '아껴 읽고 싶어서 딱 하나만 읽고 남겨두었다'거나 '이 문장에 꽂혔다', '이 부분 너무 공감이 된다'는, 어쩌면 무심히 뱉었을 말들을 열심히 주워 담았다.

당연히 수입보단 지출이 큰 축제였다. 새로운 아이템을 만드느라 제작비가 꽤 들기도 했고, 제주까지 오가는 교통비며 머무는 동안의 숙박와 식비까지 생각하면 완벽히 적자였다. 하지만 언제나 중요한 건 눈에 보이지 않는 법. 명시적 비용에는 포함되지 않은 꽤나 중요한 항목들이 있었다. 설렘과 아름다운 풍경, 의외의 만남 같은. 게다가 이번 프로젝트는 '출장'이 아니라 '워케이션' 아니던가.

함께 참여했던 동료는 북마켓 내내 나를 보며 '예상했던 것보다 훨씬 에너지가 넘친다'는 말을 자주 했다. '워'케이션 일정 탓에 일에 치여 골골댈 줄 알았는데, 활기가 넘쳐 놀랐다는 것이었다. 사실 힘들었다. 긴장감도 높았고 체력적으로도 부침이 느껴졌다. 하지만 놀이처럼 일을 할 때마다 활력이 올라왔고, 일을 마치고 자유로운 시간을 보낼 때는 그보다 조금 더 진한 생기가 흘렀다.

일상을 벗어난 공간에 있다는 사실도 커다란 위

안이 되었다. 빡빡한 스케줄을 소화하면서도 잠시 그 끈을 느슨하게 놓을 수 있는 여유가 허락되었으니까. 고개를 들면 각 잡고 서 있는 회색 건물 대신 보이는 푸른 바다의 일렁임이, 숙소를 나서면 언제든 나를 놀려줄 준비가 된 개구진 골목길이 잠시 멈춰보라고 속삭였다. 발걸음을 멈췄다. 매섭게 불어도 시리지 않은 바람이, 그 안에 스민 따스한 봄볕이 뾰족한 신경을 스치며 위로를 건넸다. 조금 천천히 가도 좋다고. 여기는 제주라고.

그 속삭임에 기대 며칠 동안 조금은 게으름을 부려야겠다고 다짐했다. 물론 금방 무너져내린 헛된 결심이었지만 괜찮았다. 뭐든 괜찮은 그곳은 제주였으니까.

네 번째 봄,

봄이 선물한 인연

'사람들'을 좋아하지 않지만 '사람'은 좋아한다. 혼잡한 군중 속에 있는 걸 매우 싫어하지만, 내게 의미있는 존재가 내어 주는 온도, 그가 보여 주는 커다랗고 복잡한 세계를 환영한다. 다만, 낯선 누군가가 단 한 사람이 되기란 좀처럼 쉬운 일이 아니다. 처음 마음의 문을 열어젖힐 때까지 주저의 시간이 아주 기니까. 딸깍- 하는 그 순간까지 걸리는 지리한 시간을 참지 못하고 스쳐지난 인연이 얼마나 많던가. 그래서 일까. 혼자 떠나는 여행이나 홀로 신청한 모임 또는 수업에서 조용히 침묵을 지키다 마지막 순간까지 고이 혼자 있을 때가 부지기수다.

이번 워케이션도 크게 다르지 않았다. 게다가 머

무는 숙소마다 손님도 별로 없었다. 홀로 편히 공간을 쓸 수 있어 신이 났지만 조금 아쉬운 마음이 들기도 했다. 2인분부터 주문 가능한 음식을 함께 먹으며 술잔을 부딪치고 싶었다. 그날 마주했던 감동적인 순간이나 억울한 마음을 꺼내며 겹치는 크기를 가늠해보고, 타인의 시선으로 바라본 낯선 도시의 색과 소리를 듣고 싶었다. 게스트 하우스 라운지에서 노트북을 펼쳐놓고 바삐 손가락을 움직이면서도 주변을 힐끗거린 건 그 때문이었다. 혹시나 말벗이 될 친구를 만날 수 있지 않을까, 하는 기대감. 간혹 스치는 사람들이 있었지만 어색한 눈인사를 나누는 게 전부였다. 그런데 짧은 인사 끝에 길 잃은 눈동자를 모니터로 끌어오기 바쁘던 내게 놀라운 일이 펼쳐졌다. 낯선 이와 이야기를 나누고 무려 커피까지 함께 마신 것. 그 굉장한 사건은 바로 나주에서 일어났다.

시작은 애호박찌개였다. 우연히 알게 된 그 메뉴는 광주의 대표 음식 중 하나라고 했다. 애호박과 돼지고기가 가득 들어간 빨간 국물은 집에서 자주 먹던 고추장찌개와 비슷해 보였다. 예상 가는 맛이었지만 제대로 먹어본 적 없는 메뉴였고 내가 좋아하는 맛일 것 같았다.

예상 경로와 주차장 등을 고려해 애호박찌개 맛집 몇 곳을 저장해두었다. 문제는 다른 목적지에 집중하느라 그곳을 모두 지나쳐버렸다는 사실. 어느새 나는 나주곰탕거리에 서 있었다. 이미 배는 고파왔고 더 이상 지체할 수 없었다. 그때, 눈에 한 식당이 들어왔다. 곰탕 거리에 백반을 파는 고고함이라니 왠지 마음이 끌렸다. 빠르게 인터넷 검색을 한 결과 평점과 리뷰가 모두 훌륭했다. 에라, 모르겠다 도전! 식당 문을 열었다.

점심 무렵이라 그런지 이미 손님이 꽤 있었다. 혼자 주방과 홀을 모두 관리하던 사장님은 매우 분주해보였다. 용기내어 인기척을 하기 전까지는 나의 등장을 알아차리지도 못할 만큼. 겨우 애호박찌개를 주문한 내 앞에 잠시 후 음식이 나왔다. 사장님은 '혼자 와서 반찬을 조금 주었다'고 귀띔을 해주었다. 원래 음식 남기는 걸 싫어하기에 합리적이라 생각하며 고개를 끄덕였다. 그런데 다른 테이블을 슬쩍 보니 조금 나온 건 반찬 양이 아니라 가짓수 같았다. 다른 손님 상에 올라온 찬은 나와 달랐다.

'메뉴가 달라서 나오는 반찬이 다른 건가? 그래도 밑반찬은 원래 같은 거 아니야?'

왠지 빈정이 상했지만 너무도 바쁜 사장님 뒤통수에 질문을 던질 엄두가 나지 않았다. 그저 조용히 반찬을 향해 성실하게 젓가락을 움직였다.

"아이고, 내가 안 봤으면 맨밥 먹을 뻔 했네. 반찬 좀 더 가져다 줄까?"

밥에 비해 반찬을 많이 먹는 나는, 이미 세 종류의 반찬을 다 비운 상태였다. 진작부터 분주한 주방을 향해 입을 뻥긋할 타이밍을 고민하던 참이었다. 사장님은 풍요로운 미소를 띠우며 반찬을 한가득 리필해주었다. 생각보다 너무 많았지만 듬뿍 담긴 게 음식만은 아닌 것 같아 꼭꼭 씹어 넘겼다. 맛있었다. 묵은 김치는 전라도 지역 특유의 풍성한 젓갈향이 묻어났고, 씹을수록 양념이 밴 채소가 머금던 시간의 향이 입 안에 퍼졌다. 숟가락으로 퍼서 먹어야 할

만큼 부스러지고 못생긴 묵도 새로운 맛이었다. 단출한 양념에 다른 재료 없이 오직 묵 자체의 맛만 살린 깔끔한 맛. 꼬들하고도 쫀득한 식감의 재미와 간명한 맛의 깊이가 가벼움과 묵직함을 오가며 식사의 즐거움을 더했다. 신나게 식사에 집중하고 있을 때쯤 사장님이 다시 다가오왔다.

“밥 좀 더 줄까?”

어색하게 움직이는 근육을 향해 정신 차리라 소리치며 웃음을 만들어 보였다. 그리고 말했다. 괜찮다고. 알았다는 듯 손님이 한바탕 쓸고 나간 테이블을 치우던 사장님은 잠시 후 나를 향해 다가오더니 맞은 편 의자를 빼들고 자리에 앉았다. 낯선 이의 몸이 내 쪽으로 기울어졌다.

“어쩌다 우리 집에 온 거야?”

갑작스러운 질문에 젓가락질을 잠시 멈췄다. 우연히 발견했고 인터넷에서 엄청 친절하고 맛있다는 리뷰를 봤다고, 과장 반 스푼을 넣어 대답했다. 사장님은 배시시 웃으며 이런 저런 이야기를 꺼내기 시작했다. 조금 당황스러웠지만 사장님의 푸른 시절에 점점 스며들었다. 몇십 년 세월을 지나 며칠 전 이야기에 도착했을 때쯤 밥그릇이 깨끗하게 비워졌다.

"커피 한 잔 할래? 설탕은 넣나?"

설탕이라니. 의아한 내 시선에 단정한 커피, 프림, 설탕통이 들어왔다. 사장님은 자판기 대신 손으로 직접 탄 커피를, 종이컵에 고이 담아 쟁반에 받쳐 들고 다가왔다.

"혹시 나이가 어떻게 돼? 이런 건 실례려나..."

"저요? 많~아요."

커피를 홀짝이는 동안 풀어진 마음에 너스레를 떨었다. 낯선 이가 벌컥 열어젖힌 마음의 문이, 쉽게 열려 버린 빗장이 나쁘지 않았다. 나이를 지나 직업, 각자가 지나온 시간들이 테이블 위를 오갔다. 어느새 내 몸은 테이블 쪽으로 더 바짝 붙어 있었다. 사장님은 그런 내 손을 덥석 잡아 끌고 식당 근처 카페와 산책길 추천해주었다. 추천 경로를 다시 꾹꾹 눌러 설명하는 사장님 목소리를 배경 삼아 나는 짐을 챙기기 시작했다.

"저... 계산 해야하는데요."

“어머, 아니야. 돈 받기 너무 미안한데.”

경쾌한 웃음과 함께 카드를 밀어내며 사장님은 말했다. ‘네? 저희는 사장과 손님으로 만난 관계인 걸요’ 라는 말이 바로 튀어나올 뻔했지만 삼켰다. 아주 잠시 동안이었지만 왠지 우리의 관계를 ‘사장과 손님’이라 이름 붙이고 싶지 않았다. 함께 나눈 대화와 미소, 커피와 넘치도록 담겼던 반찬에 어쩐지 미안했다. 결국 ‘당연히 받으셔야죠’라는 문장을 고른 내게 사장님은 ‘그래도 미안하다’며 인상 전 가격으로 계산하고, 입구까지 나와 카페 가는 길을 다시 한 번 설명한 뒤 오랫동안 손을 흔들어 주었다.

우연한 인연의 넘치는 배웅을 받으며 향한 목포에서는 이전에 스쳤던 인연을 다시 마주했다. 몇 년 전 방문했던 책방에 다시 들른 것. 자유로운 분위기 속에서도 단정한 고요함을 잃지 않는 그 색깔이 마음에 들었다. 당시 공간을 잠시 빌려 진행한 프로그램을 바탕으로 ‘담아드림’을 만들었으니 여러 모로 내겐 의미 있는 곳이기도 했다. 하지만 사장님과 이야기할 엄두는 내지 못했다. 공간을 좋아하는 마음과 주인장에게 말을 붙이는 건 차원이 다른 문제이기에.

"비가 그쳤나봐요. 전혀 비를 맞지 않은 표정인 걸 보면."

이번에도 문을 두드린 건 내 바깥 쪽이었다. 사장님의 첫 인사에 문이 조금 열렸고, 이런저런 오가는 문장들이 살짝 열린 문틈을 조금 더 벌리더니 사장님이 풀어놓은 이야기들이 문을 활짝 열어버렸다. 서울살이를 하다 몇 년 전 목포로 내려왔다는 사장님은 자신이 주워들었던 목포의 지난 시간들을 꺼냈다. 고작 30년 전만해도 인구가 45만에 육박했다는, 당시 서울 명동 땅값과 맞먹는 호황을 누렸다는, 거리의 인구가 바글바글했다는, 전혀 짐작조차 할 수 없었던 이 고요한 도시가 지나온 영광을 들을 수 있었다. 더불어 목포 주변 소도시의 관광 정보도.

'누가 뭐래도 사람이 꽃보다 아름다워'

책방을 나오면서 문득 어릴 때 들었던 노래가사가 떠올랐다. 당시에는 도무지 이해할 수 없던 노랫말이었다. 사람 중에서도 매우 뛰어난 외모를 가진 사람만 '꽃'에 비유하는 거 아닌가? 못생긴 사람이 수두룩하고, 외모와 무관하게 못난 심성을 가진 사람까지 더하면 아름답기는커녕 추한 사람이 한가득이라 생각했다. 그런데 대체 무엇 때문에 사람이 꽃만큼도 아니고, 꽃보다 '더' 아름답다고 하는 것인가? 더 이상한 건 언제부턴가 그 말을 좋아하기 시작했다는 사실이다.

사람은 꽃보다 아름답다. 꽃이 남긴 아름다운 잔상은 한 순간이지만 사람이 남긴 따스한 자국은 오랫동안 머무는 법이니까. 한 사람이 품은 우주가 알려주는 정보와 그로 인해 열리는 새로운 세상이 건네는 아름다움이 있다. 식당 사장님이 들려주신 60년대 전라도 작은 도시의 풍경, 이제는 나주시에 편입되어 이름조차 사라진 그 땅에서 자란 작은 배추를 밭에서 직접 샀던 기억, 나주로 시집 온 뒤 만나지 못했던 옛 동네 어른을 식당에서 조우한 사연, 마늘 주사와 비타민 주사를 맞으며 식당을 운영하는 지금 일상까지. 한 사람이 품은 수많은 이야기들이 낯설지만 반가웠다. 책방 사장님이 들려준 목포 이야기도 비슷했다. 공식적인 자료에서 찾아보기 힘든 사적 기억과, 그 조각들이 모여 만든 이야기가, 그 속에 움직이는 사람들이, 그들의 삶이, 어여삐 느껴졌다.

아름다움이란 단지 예쁘기만 한 것을 의미하는 건 아니다. 흔들리면서 단단해지는 그 고된 과정을 겪어낸 마음, 아득한 혼돈 속에서 옆 사람에게 시선을 거두지 않는 따스함, 연약해서 저지른 잘못을 인정하고 쓰리게 용서를 구하는 용기. 이 모든 것들이 그저 곱디 고운 것보다 더 깊은 아름다움을 품는 게 아닐까. 그래서 나는, 사람들이 고개들어 바라보는 꽃나무보단 아스팔트를 뚫고 올라온 이름 모를 작은 들풀이 좋다. 그 익명의 아름다움이 나와, 내가 만난 이들이 품은 아름다움과 닮은 것 같아서.

이 찬란한 어여쁨 앞에서 망설임이 튀어나올 때가 많았다. 찰나의 인연이 선물하는 반가움보다 끝난 뒤에 남는 아쉬움과 가슴앓이가 더 컸으니까. 하지만 오랜 시간이 흐른 뒤에 알았다. 더 짙게 남는 건 인연이 준 슬픔이 아니라 반가움이라는 걸. 물리적 헤어짐이 마음에서의 결별을 의미하지 않는다는 걸.

이별 뒤에서 희미하게 미소 짓는 법을 배운 지금, 잠시 스쳐지나는 인연이 남긴 자국을 바라보며 설레는 마음으로 기다린다. 봄이, 또 다른 계절이 선물할 새로운 인연을.

다섯 번째 봄,

서울 사람의 제주살이

제주 일 년 살이를 막연한 꿈으로 품고 살았다. 하지만 한 달 살이조차 쉽지 않았다. 일상을 벗어나기 위해서는 크고 작은 용기와 결단이 필요했으니까. 적정 수입이 보장되지 않은 초보 프리랜서에겐 일정 조율도, 숙박비와 식비도 부담이었다. 그런 현실적인 생각들이 머리를 스치다 보면 결국 '언젠간'이라는 상자 속에 제주살이를 쑥 넣어버리고 일상으로 고개를 홱 돌려버렸다. 한 번도 그런 꿈을 꾸지 않았던 것처럼.

운전을 시작한 뒤에는 '언젠간' 속 상자를 열어보는 일이 잦아졌다. 올해 계획에 '다른 도시 한 달 살기'를 적으면서 그게 어디든 한 달 정도는 살아볼 수 있지 않을까, 하는 막연한 상상을 하기 시작했고, 어느 날, 덜컥 숙소와 배편을 예약했다. 비록 일 년 살이가 아닌 한 달이었지만 차와 함께 배를 타고 가는 로망만큼은 지켜냈다. 하지만 그때부터 본격적으로 걱정이 밀려오기 시작했다. 나는 아직도 운전석에만 앉으면 모든 것이 불안한 초보 운전자였으니까.

배는 목포에서 오전 9시 출발 예정이었다. 선잠 끝에 알람보다 먼저 눈을 떴다. 빠르게 짐을 꾸려 몸과 차에 연료를 채운 뒤 선착장으로 향했다. 바짝 곤두선 신경 탓인지 차의 속도는 급속히 느려졌다. 다행히 선착장 입구부터 주차 공간까지 안내 직원들이 촘촘하게 서 있었고, 그들의 안내 덕에 무사히 주차에 성공했다. 문제는 그 다음에 발생했다. 안내 직원이 '사이드 브레이크를 걸라'고 말했지만 도대체 어딨는지 알 수 없었다. 결국 사이드 브레이크의 위치를 찾아낸 건 내가 아니었다. 내가 할 수 있는 거라곤 최대한 해맑고 무해한 표정을 지어 보이는 것. 노련한 누군가의 덕으로 안도의 한숨을 내쉴 수 있던 나는, 한껏 가벼워진 발걸음으로 객실로 향했다.

예약한 이코노미석은 신발을 벗고 올라가 앉거나 누울 수 있는 방이었는데 이미 먼저 자리를 잡은 손님들이 많았다. 대부분 벽에 기대어 있었고, 나 역시 5시간을 버티기 위해 콘센트가 있는 벽을 찾아 자리를 잡았다. 아이부터 노인까지 다양한 연령층이 있었고, 그들의 대화를 들으며 나는 열심히 키보드를 두드렸다. 배가 심하게 흔들리기 전까지.

궂은 날씨 탓에 배에서 가장 큰 볼거리는 밖 풍경이 아니라 방 안의 사람들이었다. 그중 가장 인상적이었던 건 3인 가족이었는데, 보송보송한 피부와 앳된 걸음은 등장부터 시선을 사로잡았다. 아이의 몸과 손에 지닌 모든 게 작았고, 꼼지락거리는 동작과 종알대는 말은 전부 귀여웠다. 가방에서 노트를 꺼내 진지하게 끄적이더니 '최대한 예쁘게 그린 엄마 얼굴'라며 들이미는 못생긴 그림엔 웃음이 새어나왔고, 핸드폰 게임 소리가 커지자 주위를 둘러보며 동생에게 주의를 건네는 오빠의 속삭임은 흐뭇한 미소를 자아냈다. 아이가 만들어낸 지우개 가루가 날릴까 꼼꼼하게 털어내는 엄마의 손놀림도, 풀

풀 넘쳐오르는 에너지를 주체 못하며 오가는 아이에게 슬쩍 던지는 낯선 이의 무해한 농담도 바다 위를 순항했다.

이방인이 건네는 다채로운 풍경은 바다 건너 도착한 섬에서도 계속 되었다. 예약한 숙소는 쉐어 하우스에 가까웠는데 주인 부부, 스태프와 손님 한 명이 함께 머물렀다. 내가 도착한 지 얼마 되지 않아 다 같이 근처 중식당에서 저녁 식사를 했다. 평균 이상의 낯가림 탓에 어색한 공기가 걱정되었지만 다행히 주인 부부가 노련하게 대화를 이끌어 갔다.

사실 그 숙소를 예약한 가장 큰 이유는 바로 그들 부부 때문이었다. 세계여행을 하고 제주에 내려와 물질하며 살아간다니, 그것만으로도 충분히 흥미로운 사람들 아닌가. 이 시대의 젊은이들이 품고 있는 로망을 실현하고 있는 그들이 궁금했다. 어떤 시간을 지나왔고, 어떤 마음을 품었으며, 어떤 경로를 통해 지금의 삶을 택하게 되었는지. 물론 그 모든 것을 묻진 못했다. 처음부터 상대의 세계에 불쑥 들어가는 게 내겐 익숙한 일이 아니었기에. 급작스러운 침범으로 그들이 당황하거나 불쾌해하진 않을까 조심스러웠다. 대신 그들이 스스로 꺼낸 이야기 조각을 맞춰보았다. 세계 여행, 이집트 빈민가에서 만난 고양이를 입양한 사연, 아픈 강아지를 돌보며 매일 제주를 달리는 일상, 책을 채운 카페 오픈이라는 새로운 계획, 반려 동물이 생을 마감하는 어느 날 제주살이를 잠시 접고 다른 곳으로 떠날 꿈. 조금은 여유롭고 약간은 치열한, 꽤나 용감하고 제법 멋진 그들이 더욱 궁금했다.

그날 이후 긴 대화를 자주 나누지는 못했지만 식사를 마치고 집으로 오는 길목이나 스치듯 마주한 거실에서 펼쳐진 이야기 속에서 그들이 사는 제주에 대해 알게 되었다. 가령, 제주는 실제로 날씨가 좋은 날이 거의 없다는 진실이나 그들이 날씨 예보 중 유일하게 체크하는 것은 풍속이라는 사실, 그럼에도 제주 날씨는 예보가 아닌 '통보'라는 우스갯소리까지. 날씨 외에도 제도나 서류에 적힌 숫자 또는 글자보다 동네 지인이 중요하게 작용하는 끈끈한 지역 커뮤니티, 고모들이 축하 메시지를 걸어둘 정도로

흔한 현수막 문화까지. 일개 관광객이라면 절대 알 수 없는 깨알 재미들을 전해들었다.

한 사람에 대한 깊이 있는 세밀화를 애정하지만 다채로운 인물이 등장하는 크로키도 좋아하는 내게 동네 카페 역시 꽤나 흥미로웠다. 그때 머물던 공간이 제주 시내와 조금 떨어진 남쪽 끝이라는 점도 재미난 풍경을 완성하는 데 한몫했다. 프랜차이즈를 피해 동네 카페에 가면 어느 샌가 시끄러움이 밀려왔다. 분명 고요한 분위기 속에서 노트북을 펼쳤던 것 같은데, 이것저것 딴짓을 하다 본격적으로 키보드를 누르려 할 때쯤이면 금방 엄청난 활기가 카페 안을 가득 채웠다. 서울이라면 슬며시 짜증이 밀려왔겠지만 그곳에서는 달랐다. 제주 아닌가. 어느 곳에서도 쉽게 들을 수 없는 진귀한 네이티브의 방언을 생중계로 들을 수 있다는 사실이 마냥 신기했다.

시끄러운 이방의 언어와 소란이 익숙해질 때쯤 오일장에 들렀다. 잠시 놀러온 친구와 함께 시장 초입부터 꽈배기를 하나씩 입에 물고 떡볶이와 튀김을 해치우고, 사과와 달걀 한 판, 오메기 떡과 빙떡(메밀 또는 옥수수 가루를 얇게 부쳐낸 뒤 그 안에 양념한 무를 넣어 말아낸 것)을 샀다. 수줍고 간결한 대화 탓인지 에누리 따윈 없었지만 카라향 몇 개를 덤으로 받기도 하고, 맛보기로 과일 몇 조각을 얻어 먹기도 했다.

문득 어릴 적 엄마 손을 잡고 걷던 시장 거리가 생각났다. 바삐 걷는 엄마 손에 끌려 다닐 때 다섯에 한 번쯤 옜다-하는 눈빛으로 손에 쥐어 주던 간식의 짜릿함, '남는 게 없다'는 뻔한 거짓말을 넣다 뺐다 하며 하나 쓱 넣어주던 덤의 훈훈함이 흐르던 비좁은 거리. 여유롭게 카트를 끌며 널찍하게 마련된 시식코너을 오가는 마트에서는 좀처럼 그런 정겨움을 찾기 힘들다. 심심한 안부나 진부한 거짓말이 생략된 채 그저 물건과 사람 사이의 상호작용만 있을 뿐이니까.

그래서였을까. 사과를 잘라 건네는 주름진 손과 자부 섞인 방언으로 뽑아내는 설명이 넘치는 오일장이, 숙소가, 제주가 아주 마음에 들었다.

이제는 그런 비바람에
몸을 맡기는 법을 배워간다.

예상하지 못했던 폭풍이
나를 새로운 방향으로 이끌고,

시야를 가린 안개가 마음을 열게 하며,

예정에 없던 길에서 만나는 낯선 공기가
계획에 갇힌 마음을 환기시키곤 하니까.

여섯 번째 봄,

인생은 알 수가 없어

이번 워케이션은 오롯이 혼자 있는 시간으로 채우고 싶었다. 서울에서 이것저것 휘몰아치는 일에 지친 상태인데다 먼 곳까지 짊어지고 온 많은 일을 해내려면 물리적인 시간이 필요했고, 에너지 충전을 위한 혼자만의 시간 또한 절실했다. 하지만 언제 인생이 마음 먹은대로 된 적이 있던가. 계획은 전부 무너져버렸다. 이런저런 이유로 제주에서 온전히 홀로 보낼 수 있는 시간은 고작 일주일 남짓. 그 시간 마저 예상치 못한 새로운 사람들이 스쳤다. 누군가와 닿았다면 그때부터 나만의 세계는 조금씩 금이 가기 마련. 그 틈새로 새로운 사람들이 스며들었고, 그들이 물들이는 시간은 점점 번져갔다. 그 첫 시작은 아이스크림이었다.

"혹시... 아이스크림 드실래요?"

잠시 열린 방 문 사이로 수줍은 소리가 들어왔다. 앞 방 손님이었다. 마침 내 방에선 스태프가 침구 커버를 교체하는 중이었으니 사장 부부를 제외한 모든 투숙객이 한 자리에 마주한 순간이었다. 빼꼼 내민 따스한 마음이 녹아버릴까봐 아이스크림을 받아들었다. 입 안에서 달콤함을 굴리던 나는 또 다른 '혹시'를 내밀었다.

"혹시... 타로 좋아하세요?"

다행히 한 명은 매년 몇 번씩 보러갈만큼 타로를 좋아한다고 했고, 다른 한 명은 한 번도 본 적이 없어 궁금하다고 했다. 우리는 당장 타로를 펼치고 그 주변에 둘러 앉았다. 타로를 좋아하는 이의 커지는 눈동자와 타로를 처음 뽑아본 이의 벌어지는 입을 볼수록 타로를 펼치는 나는 신이 났다. 잠시 지나치던 사장님도 앉아 타로 카드를 뽑아 들었다. 그렇게 밤이 깊어 갔고, 그날의 내 계획은 다음날로 미뤄졌다. 내일은 반드시 계획한 일을 해내리라 다짐하며. 다행히 그 결심은 순조롭게 이어졌다. 오전까지는. 아침 일찍 일어나 무사히 시나리오 작업을 마감하고, 오후 일정을 시작하기 전 심심함을 달래기 위해 주방으로 향했다. 계획을 완수했다는 뿌듯함으로 달걀을 삶고 라볶이를 돌렸다.

'혹시 김치전에 막걸리 드실래요?'

순간 멈칫했다. 오후에 해야 할 일정과 이미 준비한 먹거리가 눈 앞에 밟혔다. 하지만 우린 전날 함께 아이스크림을 먹으며 타로를 펼친 사이였고, 하필 창밖엔 비가 부슬부슬 내리고 있었다. 결국 우리는 한나절 전 타로를 펼쳤던 자리에 김치전이 지글대는 프라이팬을 두고 둘러 앉았다. 난생 처음 김치전을 부친다는 스태프의 고백에 조금 당황했지만 그 당혹감은 이리저리 휘저어지더니 기름과 열을 만나 노릇노릇 즐거움으로 구워졌다. 반죽의 되기와 굽기 정도가 제 각각인 다채로운 김치전에 배가 차고, 쉴 새 없이 나오던 막걸리로 흥이 차오를 때쯤 다시 타로카드를 펼쳤다. 술과 안주가 바닥을 드러낼 때쯤 빗소리가 희미해졌으며, 다시 채운 술안주가 아이스크림과 젤리 따위로 바뀌었을 땐 자정을 지나고 있었다.

그렇게 자연스레 흐르던 '삼시 세끼 모슬포편' 어디쯤엔가 가파도 이야기가 튀어나왔다. 누구의 입에서 먼저 나왔는지 기억이 나진 않는다. 다만, 그 순간 또다시 멈칫했던 내 마음만 선명할 뿐. 주말을 꼬박 놀았으니 이제 열심히 일을 해야겠다고 다짐했지만 '안 된다'는 말을 차마 입 밖으로 꺼낼 수 없었다. 정신을 차려보니 그날 가파도에 갔다가 식사도 함께 하자는 말에 내 고개가 끄덕이고 있었다. 김치전을 얻어 먹었으니 감사의 의미로 스태프에게 맛있는 걸 대접하자며 맞장구를 치기까지 했다. 불쑥 정해진 약속을 핸드폰에 저장하며 후회하는 내게 말했다. 지금껏 제주와서 가파도는 가본 적 없지 않느냐고. 하필 지금 가파도 청보리가 유명할 때고, 위치상 숙소에서 멀지 않기도 하니 절호의 기회라고. 주저하던 내가 속으로 외쳤다.

'에라 모르겠다. 아침 일찍 마감을 하고 점심 식사 겸 다녀오지 뭐.'

며칠 뒤, 가파도행 배에 올랐다. 전부 매진된 상황에서 거의 반 제주도민이 된 스태프 인맥 덕에 겨우 구한 귀한 티켓으로. 청보리가 넘실대는 가파도는 아주 작고 아기자기했다. 쉼 없이 오가는 관광객들의 발걸음을 제외하면 평온만 남을 동네, 여행객의 설렘과 생활인의 루틴이 오묘하게 뒤섞인 공간이었다. 여린 초록빛을 발산하는 청보리는 놀러온 이에겐 사진 배경이 되었고, 일상인에겐 주요 생계 수단 중 하나인 듯 했다. 청보리 핫도그, 청보리 아이스크림, 보리 뻥튀기, 청보리 김밥, 청보리개역 등등... 놀라운 건 이 모든 걸 다 먹었다는 사실! 심지어 나는 일찍 일어나 마감을 하느라 아침까지 챙겨먹었는데 말이다. 배값부터 모든 걸 한 사람이 결제하고 1/n로 나누는 상황에서 계산을 복잡하게 만드는 게 불편했고 가깝지 않은 사이에서 불필요한 말을 만드는 게 어색했기에, 'No'를 입 밖으로 꺼내는 대신 음식을 삼켜냈다. 입안에 남은 짭조름하고 달콤한 향들은 나쁘지 않았다.

가파도에서 가득 채운 배는 제주도로 돌아와서도

쉬이 꺼지지 않았다. 결국 대접하기로 한 식사를 뒤로 미뤄두고 숙소로 돌아왔다. 그런데 이게 웬걸! 김치전을 구워내던 프라이팬이 또다시 고소한 소리를 내고 있는 게 아닌가. 다만 그 위에서 지글지글 소리 내는 건 마트에서 산 김치 대신 옆집에서 잔뜩 줬다는 무였다. 무국도 아니고 무생채도 아니고 무전이라니! 얇게 채 썬 무를 부쳐낸 요리였다. 아무리 배가 불러도 생전 처음 보는 음식을 놓칠 순 없지! 바로 한 입 베어 물었다. 감자채전에 비해 바삭하진 않았지만 부드럽게 사각거리는 식감 사이로 달큼한 무즙이 여리게 퍼지는 매력이 일품이었다.

무전으로 배가 가득 차올랐지만 여기서 끝이 아니었다. 우리에겐 함께 하기로 한 저녁 식사가 아직 남아 있었다. 게다가 그냥 식사가 아니라 '대접'을 약속한 자리였다. 돈만 내고 빠지기도 뭐하고, 그렇다고 더 이상 뭘 먹긴 너무 힘들고. 어쩌면 좋지? 머릿속으로 이런저런 생각을 굴려보는 동안 상황은 점점 더 부풀어 올랐고, 결국 사장 부부까지 모두 저녁 식사를 함께 하기로 했다. 메뉴는 족발 세트에 피자

한 판 추가. 물론 그들과의 식사는 즐거웠다. 하지만 위장은 음식으로 넘실댔고, 머리는 '아, 일은 언제 하지'로 가득찼다. 소화도, 작업도 시급했다. 문제는 다음 날도 약속이 있었다는 사실.

이번엔 책방 프로그램에서 만난 인연이었다. 오전에 올레길을 걷고 오후에 북토크를 하는 행사였는데, 각자 혼자 신청을 한 우리는 올레길을 걸으며 이런저런 대화를 나누게 되었다. 그러다 마침 내가 방문 입고를 하려던 우도 책방을 그가 알고 있었고, 급속도로 내적 친밀감을 느낀 우리는 함께 우도에 가기로 했다. 약속한 날 아침, 세차게 불어오는 바람을 보며 생각했다. 오늘 배가 많이 흔들리겠다고. 그건 몹시 순진한 생각이었다. 그날 배는 뜨지 못했다. 배에 오르지 못한 우리는 위태롭게 한 발자국씩 내디뎠다. 땅에 붙은 다른 한 발의 단단함에 의지하며. 흔들리고 멈칫하면서도 다시 씩씩하게 나아갔다. 하지만 그게 끝이 아니었다. 가장 큰 난관이 남아 있었다. 숙소까지 운전하기.

처음 차에 올라탔을 땐 그저 좋았다. 드디어 바람

을 완벽히 차단해줄 아늑한 공간에 다다랐다는 안도감에 온몸이 나른해지는 기분이었다. 노곤한 손으로 핸들을 잡고 내비게이션이 안내하는 숲길을 달렸다. 한가롭고 평화로운 드라이브였다. 물리력을 행사하지 못하는 바람은 그저 내가 누리는 안락함을 선명하게 하는 투명한 소리에 불과했다. 그런데 이상했다. 분명 청각과 촉각으로만 존재하던 바람이 점점 모습을 드러내기 시작했다. 잠깐의 평온을 비웃기라도 하는 듯이.

점점 앞이 보이지 않았다. 안개가 짙어지더니 저 먼 곳은커녕 앞차의 번호판조차 보이지 않았다. 주변을 스치는 불빛에 겨우 의지해 조금씩 앞으로 나아갔다. 멀리서 하느작거리는 빛이 보이면 너무도 반가웠다. 깜빡거리는 비상등을 볼 때면 마음 한끝에서 따스한 안도감이 번졌다. 내가 제대로 가고 있다는 다행스러움, 누군가가 함께라는 위안, 내 길을 밝혀주는 희미한 온기에 긴장이 조금씩 녹아내렸다. 평소엔 차가 많은 도로를 끔찍하게 싫어했지만 그때만큼은 차를 발견할 때마다 반갑게 소리치고 싶었다.

'저도 여기 있어요! 힘내세요!'

생각해보면 인생은 늘 계획한 대로는 되는 법이 없었다. 몇 번을 쓰고 지우며 만들어 낸 계획표 위엔 수많은 돌발상황이 흩뿌려지곤 했다. 그럴 때마다 화가 났다. 손에 잡히는 모든 것을 집어 던지며 소리치고 싶을만큼 커다란 분노에 흔들리기도 했다. 이제는 그런 비바람에 몸을 맡기는 법을 조금씩 배워간다. 예상하지 못했던 폭풍이 나를 새로운 방향으로 이끌고, 시야를 가린 안개가 오히려 마음을 열게 하며, 예정에 없던 길에서 만나는 낯선 공기가 계획에 갇힌 마음을 환기시키곤 하니까.

알 수 없는 내 인생, 예측 불가 워케이션, 내일이 기다려지는 이유다.

일곱 번째 봄,

‘정신차려, 이건 워케이션이야!’

워케이션을 꿈꿨지만 실은 ‘장기출장’에 가까웠다. 여유롭게 읽고, 걷고, 먹고, 쓰는 일상을 상상했지만 빠듯하게 계획된 일정에서 느긋함은 머나먼 이야기였다. 생각해보면 조급한 마음은 꼭 빼곡한 스케줄 탓만은 아니었다. 어찌되었든 결과를 만들어내야 한다는, 그러고야 말겠다는 불타는 의지, 그게 가장 큰 문제였다. 그 강한 욕망은 무의식마저 지배했다. 아무것도 하지 않거나 일상을 유지하는 행위, 이를테면 먹고, 씻고, 마시고, 대화를 나눌 때마저 정신은 온통 작업 아이템과 스케줄을 향해 뻗어있었다. 그래서였을지도 모른다. 여행 내내 일제 강점기 관련 기념관을 돌고, 조정래 아리랑 문학관을 들른 건.

사실 조정래 작가의 《태백산맥》과 《한강》을 매우 좋아하지만 정작 《아리랑》은 읽지 않았다. 소설의 시대적 배경인 일제 강점기는 흥미가 없다 못해 가장 싫어했던 부분이었다. 그때를 떠올리면 밑도 끝도 없이 오직 분노만 차올랐다. 역사적 사실 자체도 아팠지만 이름이 비슷한 온갖 독립운동 단체와 국내외를 넘나든 독립운동가들의 행동반경을 씩씩대며 외워야 하는 현실도 슬펐다. 그러면서도 차마 독립운동단체와 운동가들을 욕할 수 없어 또 화가 났으며, 이런 사달을 만든 일본 정부와 친일파에 분노했다.

그 시절의 분노는 오히려 쨍하고 명확해서 나은 편이었다. 성인이 된 뒤 느낀 분노는 김이 빠져 한풀 꺾였지만 더 지독하고 뼈가 시렸다. 어릴 땐 마냥 박수치고 공감했던 위인전 속 독립운동가들의 의지와 행보에 그저 두손을 가지런히 모으게 되었고, 여전히 청산되지 않은 과거사에 분노보다 훨씬 짙은 무력감이 밀려왔다. 그런 거무튀튀한 기억에 내려놓을 수 없는 부채감이 더해져 기분이 가라앉는 시대였다. 그럼에도 굳이 '아리랑 문학관'을 찾은 이유는 다름 아닌 그 당시 쓰고 있던 작품 때문이었다. 1919년을 배경으로 펼쳐지는 시나리오 때문에 자료 조사가 필요했다. 오랫동안 지지부진한 그 작품에 꼭 맞는 자료가 아니더라도 내가 쓰는 주인공이 살고 있는 시대에 대해 조금 더 알고 싶었다.

정작 '아리랑 문학관'에서 마주한 부끄러움과 숙연함은 시대가 아니라 나 자신을 향했다. 그곳은 '아리랑' 문학관인 동시에 작가 '조정래' 문학관이었기 때문이다. 《아리랑》의 시대적 배경이나 등장인물에 대한 전시도 있었지만 그보다는 작품을 위해 작가가 들인 노력과 고민의 흔적이 더 크게 보였다. 작가가 작품을 쓰기 위해서 러시아와 중국을 직접 방문하고 그곳의 정경을 일일이 손으로 그린 그림은 놀랍다는 말로 밖에 설명할 수가 없었다. 또한 실제 전라도 방언을 생생하게 적기 위해 전라도 지역 내에서도 각 소도시별 미세한 차이를 적어놓은 메모나 인물의 특성을 반영하기 위해 다양한 이름을 사전처럼 구비한 철저함에 입을 다물 수 없었다. 한 세계를 창조해내기 위해서, 특히 한 시대에 존재했을 법한 수많은 이야기를 하나로 엮어 내기 위해서는 이 정도의 노력이 필요한데 늘 게으름 뒤에 숨은 주제에 좋은 작품을 쓰고 싶다는 욕심만 부린 건 아닌지 부끄러워졌다. 동시에 작가 지망생 주제에 너무도 위대한 거장과 비교하는 내 자신에 얼굴이 화끈거렸다.

정읍근대역사관, 나주학생독립운동기념관을 갔을 때도 마찬가지였다. 혹여 작품에 쓸만한 조각을 찾고 싶어 안달난 내가, 관람객으로서의 느긋한 시선을 자꾸만 방해했다. 당시 작업 중인 작품과 관련없는 광주 5.18민주화운동기록관에 갔을 때도, 제주북페어에 마련된 4.3 특별 부스에 갔을 때도 마찬가지였다. 그저 순수하게 역사적 사건의 진실에 다가가고 싶은 마음과 작품으로 엮어낼만한 실마리를 찾고 싶은 마음이 계속 뒤엉켰다. 물론 그 두 가지가 분리될 수 없겠지만 마음가짐에 조금 차이가 있었다. 역사적 사실을 새롭게 발견하고 진실에 다가가는 즐거움에 머무는 것과 그걸 가지고 무언가를 해내고 싶다는 욕망의 무게에 눌리는 건 확연히 다르니까. 누군가의 이야기를 건져 올려서 잘 엮고 싶은 소망이 워케이션이라 쓰고 장기 출장이라 읽는 여정 내내 나를 따라다녔다.

책방을 돌아다닐 때도 마찬가지였다. 물론 여행을 갈 때마다 책방에 들르는 건 나의 오랜 취미이자 행복이다. 하지만 책과 책방이 일의 영역으로 들어오게 되면서부터 취미와 출장 사이의 팽팽한 줄다리기가 시작되었다. 가령, 광주에서 들렀던 책방에서 굿즈를 보며 새 아이템 아이디어를 떠올렸고, 미술 관련 책이 많은 목포의 책방에서는《터무늬 있는 경성 미술 여행》이란 책을 보고 '경성'이란 단어에 눈이 번쩍 뜨였다. 어쩌면 1919년대의 풍경을 찾을 수 있지 않을까 하는 마음에 책을 잠시 뒤적이다 내려놨다. 그리고 스스로에게 말했다.

'정신차려. 넌 지금 출장이 아니라 워케이션을 온 거라고!!'

즐거움보다는 레퍼런스가 될 책을 찾는 나를 지우고, 평소라면 절대로 읽지 않을 책을 고르리라 다짐했다. 하지만 좋아하는 소설 《태고의 시간》의 작가 올가 토카르추크가 쓴 에세이를 보자마자 묻어뒀던 마음이 튀어나왔다.

'아, 이 작가가 에세이도 있었구나. 이건 운명이야! 에세이에선 좀 더 날 것의 생각을 들여다 볼 수 있지 않을까? 매일 하나씩 아껴 읽으면서 공부하면 나도 멋진 작가가 될 수 있을지 몰라.'

이 책과 함께라면 이번 워케이션에서 멋진 작품을 뚝딱뚝딱 써 낼 것만 같은 비합리적인 환상에 사로잡혀 단숨에 그 책을 집어 들었다. 두근거리는 마음으로 책장을 넘기다 생각했다.

'정신차려. 워케이션에 온 거라고! 이건 출장이 아니야!'

결국 그곳에서 집어든 책은 일과 무관한 책이었지만 일에 대한 부담감과 빳빳한 긴장감은 계속되었다. 북페어를 마치고 숙소 사람들과의 긴 저녁 식사가 끝난 자정, 다음 날 연재해야 할 '어른들의 사회생활' 아이템을 찾기 위해 밀린 시사 이슈를 정리하며 밤잠을 설쳤다. 결국 에어팟을 낀 채 잠든 사실을 깨달은 새벽, 붉은 눈을 비비며 뉴스 기사를 빠르게 살폈다. 하지만 겨우 고른 아이템을 침대에서 정리하겠다고 누웠다가 생각이 아닌 잠에 빠져버렸고, 잠시 후 혼비백산이 되어 책상 앞에 앉았다.

그 이후로도 월화수목금 매일의 마감, 두 개의 공모전과 책방 프로그램 준비로 정신 없는 날들이 이어졌다. 이걸 하다 저걸 붙잡기도 하고, 저걸 열심히 하다 이걸 마무리 하기도 했다. 복잡하게 얽힌 생각 덩어리 속에서 내가 가는 길이 어딘지 알 수 없음에도 웃을 수 있었던 건 그 사이사이 튀어오르는 아이디어가, 문득문득 터져 나오는 소재가 주는 짜릿함 덕이었다.

과연 이 일로 밥을 벌어 먹고 살 수 있는지, 재능이 있긴 한 건지 불안하기도 하지만 아직까지는 24시간 꽉 채워 나를 괴롭히는 이 일이 주는 즐거움이 더 크다. 그래서 일까. 누군가로부터 '자신이 본 강연자 중 가장 행복해 보인다'는 말을 들었다. '가장 잘한다'는 평이 아니라는 게 못내 아쉬웠지만 그 말이 아주 오랜 기억 속 내 목소리를 건져올렸다.

'능력 있는 사람은 노력하는 사람을, 노력하는 사람은 즐기는 사람을 이기지 못한다는 말이 있습니다. 저는 지원자들 중에 가장 능력이 뛰어나거나 제일 열심히 할 것이라는 말을 감히 할 수 없습니다. 하지만 그 누구보다 이 일을 즐길 수 있다고 자신합니다.'

한참 취업 준비할 때, 면접 마지막 멘트로 준비했던 말이었다. 준비한 이 말을 꺼낼 기회는 거의 없었지만 실제로 직장에서 일을 할 때 '표정이 밝아 안 힘들어 보이니 웃지 말라'는 말을 들을 만큼 즐겁게 일했다. 그리고 지금은 그보다 조금 더 즐겁다.

할 수 있다면 계속 즐겁고 싶다. 오랫동안.

여덟 번째 봄,

일상의 봄

"차 많이 끌고 다녔어?"

엄마가 던진 질문 앞에 잠시 머뭇거렸다. 그렇다고 하면 고유가 시대에 돈을 땅에 버린다고 핀잔을 들을 것 같고, 아니라고 하면 어차피 주차장에 세워둘 걸 비싼 돈 들여 탁송을 했다는 타박이 날아들 것 같았다. 짧게 머리를 굴리다 중간을 택했다. 적당히 끌고 다녔다고. 야단을 피하기 위한 답이었지만 생각해보면 정말 사실이었다. 지인의 방문이나 일처리 때문에 멀리 가야할 때는 운전을 했지만 주로 걷는 걸 택했다.

오일장이나 우체국, 책방, 카페 가는 길을 걷는 것만도 좋았다. 그곳에선 목적지까지 빨리 가는 게 아니라 어떻게 해서든 닿을 그곳에 '즐겁게' 가는 게 중요했다. 일부러 먼길을 돌아 예쁜 해변이 보이는 경로를 택하거나, 매번 가는 길이 아닌 낯선 골목을 향해 과감하게 발걸음을 내디뎠다. 핸드폰 지도 화면을 크게 확대해서 좀처럼 보이지 않는 좁은 길을 찾아내기도 했다. 그 모든 곳에 길이 있다는 게 좋았다. '여기에 길이 있어?'라는 생각이 들만큼 의외의 길을 만나는 게 반가웠고, 끊어진 길을 이어 만든 희미한 선 위에 고요한 발자국을 남기는 게 좋았다. 도막 난 길을 찾아 그 사이사이를 걷다보면 이정표 없는 내 생에서도 길을 만들어 낼 수 있을 것만 같아 괜스레 설렜다.

설렘을 톡 건드려 무수한 감정들로 흐드러지게 피워낸 건 주변 풍경이었다. 이를테면 푸른 하늘 아래 펼쳐진 초록 길 사이 문득문득 보이는 노랑같은 것들. 생기를 더한다고 생각했던 노랑은 초록이 지난 시간의 흔적이었다. 시들어간 잎에 남겨진 자국 말이다. 누리끼리하다기엔 선명했고, 맥아리가 없다기엔 날렵한 누런 빛을 보자니 여러 감정들이 떠올랐다. 어쩌면 내 몸에 남겨진 세월의 흔적도 마냥 누렇기만 한 색은 아닐지도 모른다는 안도감, 여전히 인간은 자연에게 배울 게 참 많다는 숙연함 같은 것들. 비슷한 마음은 영산강 드라이브 코스를 지날 때도, 목포의 좁은 골목을 걸을 때도 따라다녔다. 그런 사사로운 생각을 주렁주렁 달고 걷는 길이 좋았다. 그래서 일까. 여행에서 가장 기억에 남은 장소는 어떤 공간이 아니라 무수한 공간을 가기 위해 스쳐지났던 '길'이었다.

음식도 다르지 않았다. 오랫동안 곱씹은 건 제주라는 지역의 특별한 메뉴가 아닌 그저 일상 속 흔한 식단과 장면이었다. 숙소에서 해 먹은 밥같은. 평소와 다른 게 있다면 조금 더 오래 꼭꼭 씹어 음미했다는 것. 그래서 그곳의 식사를 떠올릴 때마다 되살아나는 건 미각 뿐 아니라 더 많은 감각으로 뒤덮인 맛이다. 시덥지 않은 음식을 만들기 위해 돌아다녔던 시장과 특별할 것 없는 요리가 뿜어내던 온기, 그걸 나누어 먹으며 두런거리던 목소리와 달그락대는 소리. 어쩌면 한 달 내내 이곳 저곳 터를 옮겼을 뿐 그저 일상을 살아내고 있다는 생각이 들었다. 다만 특별한 이벤트랄 것도 없던 빡빡한 서울에서의 날들에 조금의 틈을 내려고 노력했다고 할까.

눈을 뜨면 마감을 걱정하고 글감을 고민하며, 밥값과 커피값을 아끼기 위해 머리를 굴렸다. 사람들과 끊임없이 일에 대한 이야기를 나누었고, 온오프라인으로 앞으로 진행할 프로그램이나 작품을 위해 아이디어를 공유했다. 조금 다른 게 있다면 자주 걸었다는 것. 바쁜 와중에도 목적지까지 가는 동안만큼은 주변을 둘러보다 뜬금없이 주저 앉아 풀을 바라보고 핸드폰 카메라 렌즈를 들이 밀었다는 것. 조용한 길 위에 멜로디를 얹고 바람결에 몸을 흔들어댔다는 것 정도. 그렇게 품은 일상의 여유가 좋았다. 비록 워------------케이션이었지만 쉼표처럼 끼어든 그 찰나의 봄들이 좋았다. '워'케이션 끝자락에서 손짓하는 서울의 일상을 힐끗 바라보며 내게 물었다.

'돌아가서도 이렇게 살 수 있지 않을까?'

몸에 짙게 밴 대도시의 자본 냄새와 엄청난 인구

밀도 속에서 넘어지지 않으려 안간힘 쓰다 주르륵 흐르던 땀방울, 눈물 방울이 떠올랐다. 짠 기운을 지우려 작은 도시에서만 느낄 수 있는 심심한 풍경을 떠올렸다. 회색 도로 주변에 일렁이는 푸른 물결, 뜬금없이 건네 오는 다정함 같은 것들. 조금은 투박하고 꽤나 정겨운 소도시의 공기가 속삭여주었던 힘 빼는 방법도. 강한 바람에 버티는 법은 잔뜩 힘을 주는 게 아니라 몸에 작은 구멍을 내는 것이었다. 다시 돌아갈 일상에서 나는, 온 힘을 다해 버티다 쓰러지기보다는 구멍 하나 내는 쪽을 선택하기로 했다. 그 사이로 숭숭 빠져나가는 바람 소리에 귀 기울이며 여유를 부려보겠다고, 가끔은 그저 픽 바람 빠지는 소리도 피식 웃어넘기겠다고 다짐했다.

그 결심을 곱씹는 순간에도 사실 못 미더웠다. 나는 무조건 빛나게 마무리 되어야 직성이 풀리는 사람이니까. 여전히 눈부신 결과물을 내고 싶지만 이제는 조금 다른 꿈을 꾼다. 홀로 두드러지려 애쓰기보다는 아무도 발견하지 못하는 뜻밖의 예쁨을 찾아내 비추는 밝음, 사소함에서도 영롱함을 찾고 보석으로 만들어 주는 빛, 그런 반짝임을 갖고 싶다. 그리고 소망한다. 화려하게 반짝이기보다는 어디에서나 주변을 따스하게 비추는 온기를 가진 빛이길, 닿는 시선과 발걸음마다 눈부신 순간을 만들어낼 수 있는 사람이길, 우리가 만든 그 빛이 다른 누군가에게 어두운 그림자가 아닌 시원한 그늘을 만들어 낼 수 있기를.

그리고,

이 글이 당신에게
그런 존재라면
참, 좋겠습니다.

PART 2. 당신에게 담아, 봄

워케이션에서 띄운 편지

매일 빛나는 순간을
마주하길 바라며,

서울과 당신은 안녕한가요? 이곳 목포는 옅은 비가 내립니다. 오늘만큼은 일을 하지 않겠다는 굳은 다짐으로 노트북을 두고 숙소를 나섰습니다. 가벼운 가방 덕인지 마음도 덩달아 조금은 가벼워진 기분이에요. 산뜻한 마음으로 가고 싶던 공간으로 향했습니다. 2년 전쯤 처음 이곳 목포에 왔을 때 한 눈에 반했던 책방으로요. 오랫동안 조용히, 천천히, 그곳을 들여다봤습니다. 사고픈 책이 너무 많았어요. 하지만 결심했습니다. 평소라면 절대 고르지 않을 책을 사자고요. 저만의 작은 일탈이랄까요?

그렇게 처음 집어든 책이 《이집트 상형 문자 배우기》였습니다. 문자를 읽고 쓰다 죽을 것만 같은 삶이지만 그래도 '상형'문자는 조금 낯설잖아요! 조심스레 살피다 고호와 관련된 책으로 시선을 옮겼습니다. 그곳은 고호에 대한 책이 꽤나 많았거든요. 하지만 결국 오랫동안 만지작거린 건 올가 토카르추크의 《다정한 서술자》였어요. 너무 좋아하는 소설을 쓴 작가의 에세이라니. 이건 운명이라고 생각했죠. 그 책을 읽으면 이번 워케이션에서 나도 멋진 글을 쓸 수 있을 것만 같은 마음이 들더니 '하루에 한 편씩 꼭꼭 씹어 읽어야지! 그리고 쑥쑥 자라나야지!'라는 다짐으로 번졌습니다. 숨가쁘게 쏟아지는 생각 앞에서 심장이 두근거리는 기분이었죠. 그때였습니다. 또 다른 마음의 소리가 움직인 건.

'워워- 그러지 말자. 일에 대해 생각하지 마.'

흥분을 걷어내고 나니 제가 펼친 상상을 들여다보았습니다. 망상이라는 생각이 들더라고요. 마음을 다잡았습니다.

'운명은 무슨 운명! 내가 만든다, 그 운명!'

다른 책으로 시선을 돌렸습니다. 예술 관련 책이 많았어요. 그런데 하필 《터무늬 있는 경성 미술 여행》이라는 책이 눈에 들어오더라고요. '경성'이란 단어 때문이었죠. 요즘 작업하고 있는 시나리오 시대적 배경이 일제강점기거든요. 하아- 또 일에 대해서 생각하다니요. 정말 워케이션인지 출장인지 문득문득, 아니 솔직히 고백하자면 매 순간 헷갈리고 있습니다.

지금은 카페에 와있습니다. 지지직 긁히는 소리가 멋지게 스며든 'La Vie Rose'가 희미한 빗소리 위를 흐르고 있어요. '목포의 눈물'이라는 이름이 붙은 콜드브루는 산뜻하면서 가볍지 않아 제 마음에 꼭 드네요. 목조로 된 구조에 커다란 장미가 박힌 벽지, 적당한 잡음과 통통 튀는 리듬이 섞인 음악도요. 고요한 이곳의 시간은 멈춰있는 것만 같아요. 아주 오래 전부터요. 벽에 걸린 시계만이 규칙적이고 반복적인 움직임을 이어나가고 있는 느낌이랄까요. 오랜 시간을 머금은 장소에 앉아 있다보니 문득 그런 생각이 들었습니다. 흐르는 시간을 멋지게 품는 존재가 되고 싶다는.

30년 전에는 엄청난 번영을 누렸다는 이곳 목포

는, 절반가량으로 인구가 줄었다고 합니다. 이제 과거가 되어버린 지난 시간을 그리워하기도 하지만 변화에 새롭게 적응하며 또 다른 삶을 꾸려간다고 하더라고요. 삶이란 그런 게 아닐까요? 크고 작은 영광과 그늘이 반복되고 그 속에서 새로운 반짝임을 찾고 기뻐하는 것. 그 빛나는 순간을 함께 나누며 더 큰 행복을 만드는 것. 다른 곳으로 번져가는 빛을 보며 빛나는 얼굴을 하는 것. 그러다 어둠을 마주하면 그 속에서 흐려져가는 빛을 감싸 안으며 더 밝게 웃으려 애쓰는 것. 그러면서 또 새로운 불을 지피는 것.

우리도 그렇게 지내볼까요? 크고 작은 흥망성쇠로 가득 찬 삶 속에서 아쉬워하고 좌절하기보다는 매 순간 빛나는 찰나를 만들고, 그 빛을 마음껏 누리며 멋지게 익어가는 거예요.

당신의 오늘도 그러길 바라봅니다.

빛나는 순간을
담아, 드림

당신의 오늘에
아름다움이 머물길 바라며,

오늘이 생일이라고 했던 것 같은데 맞나요? 생일날 짠- 하고 도착할 수 있게 일찍 편지를 써보려 했건만 예상보다 많은 일과 컨디션 난조로 이제야 펜을 듭니다. 약간의 변명을 덧붙이자면 바쁜 시간에 쫓기듯 말고, 여유롭고 편안한 마음으로 편지를 쓰고 싶었거든요. 서울을 떠난 지 7일째인 오늘, 처음으로 혼자 노트북 없이 밖으로 나왔습니다. 아무래도 'I'인 저는 함께도 좋지만 오롯이 '혼자'일 때 에너지가 더 차오르는 느낌이거든요. 그래서 오늘 편지를 쓰기로 했습니다. 게다가 오늘은 당신 생일이니 오늘만큼 좋은 타이밍이 없다는 생각이 들었어요.

저는 군산, 정읍, 변산, 나주, 광주를 지나 이곳 목포에 와 있습니다. 왠지 제주보다는 조금 덜 로맨틱한 이름이지만 그만큼 더 특별한 기분이 들어요. 이번 일정에서는 일부러 작은 도시, 익숙하지 않은 도시를 찾아가 보는 중입니다. 목포는 2년 전 첫 방문 이후 두 번째이고, 정읍과 변산, 나주는 처음이었어요. 놀랄만큼 고요하고 낡은 느낌이었습니다. 그 고요가 제겐 평화였지만 또 다른 누군가에겐 쓸쓸함일 수도 있겠지요.

곡창지대였던 전라도 지역은 농경사회일 때 성장과 번영을 누렸고, 그만큼 수탈이 심했지요. 그래서 제가 지나온 지역 모두 과거의 항쟁을 담은 역사관이 있었습니다. 오랜 시간을 품고 있는 그 도시 풍경이 꽤나 좋았음에도 과거에만 매몰되어 있는 건 아닌지 조금 안타까운 생각이 들기도 했어요. 물론 과거의 시간을 기억해야 한다고 생각하지만, 옛 이야기를 품은 공간을 마주하는 걸 매우 좋아하기도 하지만, 매번 그 풍경이 겹치는 게 조금 아쉬웠어요. 분명 그 안에 녹아든 수많은 사람들의 이야기는 비슷해 보여도 전부 다를 텐데 말이죠. 충분히 가치 있는 이야기들이 고만고만하고 지루한 과거로 치부되는 게 안타까웠습니다. 현재를 살아가는 사람들이 좀 더 흥미를 느낄 수 있는 구성이라면 좋겠다는 아쉬움이 들더라고요. 그럼에도 여전히 오랜 시간을 품고 있는 도시들이 많았으면 좋겠습니다.

아, 그리고 군산과 광주, 목포에서 책방에 들렀습니다. 여행을 가면 늘 그 지역 책방에 가는 게 습관이거든요. 오늘 간 책방에서는 이런 문장을 만났어요. '할 수 있는 한 아름다운 것에 감탄하라. 대부분의 사람들은 아름다운 것에 관심이 없으니까.' 그리고 그 순간 책방에는 'When I Dream'이란 노래가 흘렀어요. 문득 그런 생각이 들더라고요. 아, 꿈꾸듯 아름다운 걸 들여다봐야지, 라는.

마침 비가 내리고 있었는데, 얕게 깔리는 빗소리와 그 위에 펼쳐지는 노랫소리, 불쑥 마주한 문장이 촉촉하게 마음에 스며왔습니다. 당신의 오늘에는 어떤 아름다움이 있었을까요?

저는 어제 광주에서 나주를 지나 이곳 목포에 오

는 동안 몇 번의 아름다움을 마주했습니다. 일단 영산강변도로를 따라 달리는 동안 강가에 펼쳐진 연한 분홍과 노란 꽃잎이 너무 예뻐서 속도를 줄일 수밖에 없었어요. 왜 노랑과 분홍이 봄의 색인지 알겠더라고요. 어쩜 자연의 색은 촌스러움 없이 그리도 서로에게 잘 스며드는 걸까요? 각자도 아름답지만 혼자서 자신만의 아름다움을 내세우지 않는 그 조화로운 아름다움이 참 멋졌습니다. 그리고 또 식당에서 가득 담긴 푸근한 인심 속에서도, 길가의 낯선 이가 보내는 미소에서도 아름다움을 만났어요.

당신의 오늘은 어땠나요? 당신도 수많은 시간 속에서 뜻밖의, 혹은 익숙한 다름다움을 만났길 바라며, 어쩌면 올해의 마지막이었을 봄의 아름다움 한 조각을 동봉합니다.

목포에서 봄을
담아,드림

조금 힘을 빼도 되는 관계를 바라며,

미뤄두었던 빨래를 널고 하루 종일 집에만 있는 날입니다. 당신은 대형 서점 담당자 때문에 화가 났고, 나는 새로 온 앞방 손님의 시끄러운 통화 소리에 언짢은 날이기도 합니다. 토마토와 고구마, 달걀만으로 구성된 부실한 식단에 다이어트가 되는 건 아닌지 걱정하던 당신의 염려와 달리 저는 늘 풍성한 음식과 함께 통통하게 오른 배를 잡고 지내고 있습니다. 나의 지금을 읽고 있는 당신의 지금은 어떤가요? 이미 서로의 오늘을 알고 있어서인지, 이 편지가 아주 오랜 시간이 지난 뒤에 도착할거란 사실을 알아서인지, 당신의 오늘보다는 이 편지를 받고 있을 그날의 당신이 더 궁금해집니다.

이상하죠? 이렇게나 매일같이 수많은 이야기를 주고받는데도 늘 할 말이 샘솟는 걸 보면 말이에요. 이미 나의 모든 일상을 아는 사람에게 어떤 이야기를 해야 할까 싶었는데 벌써 이만큼이나 주절댄 제 자신이 놀랍네요. 사실은 참 신기하고 두려워요. 이 관계가 말이에요. 옅은 신뢰가 깔려 있지만 늘 조심스럽고 든든하면서 애틋하고. 그러면서도 늘 설레발치며 좋아했던 관계는 틀어졌던 것도 같아서 '아, 나대지 말자!' 싶습니다.

이상합니다. 돌이켜보면 무척이나 좋아해서 오래 지속된 사람들도 분명 있는데 왜 이렇게 불안하기만 하죠? 늘 곁에 있는 사람보다 상실한 존재에 대한 마음이 컸는지도 모르겠네요. 참 어리석게도 말입니다. 이렇게 어리석은 제게서 늘 좋은 면을 발견해주어 고맙습니다.

거의 막바지로 달려가는 제주에서의 시간을 돌이켜보면 가장 많이 배운 건 역시 인연의 놀라움과 사람의 힘이었습니다. 물론 그 과정에서 만남에 치이고, 타인과 거리를 조정하며 잃어야했던 것도 많았지만 말이에요. 하지만 그들이 없었다면 제주에서의 시간이 그토록 풍요로울 수 있었을까요? 또 놀랍습니다. 좀처럼 먼저 손 내밀지 못하는 제게 다가온 다정함들이 말예요. 뾰족한 제가 점점 둥글게 부드러워질 수 있었던 것도 아마 제 삶을 지나간 수많은 이들의 다정함 덕이었겠죠? 그 안에 당신의 따스함도 있을 거예요. 아마 앞으로는 그 비중과 농도가 점점 더 커지고 짙어지겠죠? 내 삶에 스며들어 나를 더 깊게 만들어주는, 한 걸음씩 나아가게 하는 당신이 참, 고맙습니다.

어제 누군가 제게 묻더라고요. 요즘 최고의 관심사가 뭐냐고. 저는 '지속가능성'이라고 답했습니다. 꾸준히 오래하고 싶다고. 좋아하는 걸 말이에요. 일이든, 사람이든 좋아하는 대상을 오래도록 마주보고 싶어요. 그러기 위해서 불태워버리지 않고 균형 잡는 연습을 하고 있다고 말했습니다. 그랬더니 또 묻더라고요. 그러려면 뭐가 가장 중요하냐고. 잠시 생각하다 답했습니다. 힘을 빼는 것이라고요. '아!' 하며 수첩을 꺼내 받아 적는 그를 보며 생각했습니다.

제가 당신을 좋아하는 이유 중 하나도 이게 아닐까, 하고요. 힘을 빼도 되는 관계, 힘을 빼고 대화해도 충분히 행복하고 즐거운 관계. 우리 삶엔 너무나 큰 힘이 들어가 있으니까요. 그래서 우리 함께 하는 모든 일은 조금 힘을 빼면 좋겠어요. 아주 오랫동안 행복할 수 있도록요.

곧 만나요. 그 시점이 오늘이든, 당신의 지금이든 곧!

제주에서 조금 힘을 뺀
담아 드림

따스한 햇살 같은 당신에게,

지금 서울은 안녕한가요? 오늘도 제주는 엄청난 강풍이 불어옵니다. 간밤엔 내내 창을 흔들어대는 바람 소리에 몇 번이나 뒤척였을 정도였어요. 게다가 미세 먼지 농도도 최악이에요. 어제까지는 제법 날씨가 좋았는데 말이죠. 미리 예측할 수 없는 게 제주의 날씨라더니 정말 그런가봅니다. 그래도 햇살만큼은 따스하고 밝게 빛나서 창을 열어두었습니다. 최악의 미세 먼지를 어찌 견디려고 문을 열었냐고요? 제가 묵는 곳은 이중 창으로 되어 있거든요. 불투명한 안쪽 문만 슬쩍 열어두면 투명하게 닫힌 바깥 창문 너머로 마당을 볼 수 있답니다. 그 풍경이 참 평화로워요.

제 마음도 퍽 평화롭습니다. 제주에서 처음으로 맞이하는 혼자만의 날이거든요. 지금까지 두 명의 친구가 왔다갔어요. 두 번째 친구를 아침에 배웅하고 어제 오일장에서 사온 사과와 달걀, 통밀 식빵으로 요기를 한 뒤 이 편지를 씁니다. 아, 언니가 준 인센스 스틱도 켰어요. 여기는 고양이 두 마리와 커다란 개 한 마리가 함께 지내는데 그 아이들이 방까지 들어오는 건 아니지만 거실에 꽤 냄새가 나더라고요. 그래서 언니가 선물로 준 인센스 스틱과 홀더, 라이터가 아주 큰 도움이 되고 있어요. 아마 서울 가기 전에 스틱을 전부 써버릴 것 같아요.

아, 그리고 고양이! 고양이 한 마리가 유독 예뻤어요. 푸른 빛이 도는 눈이 아주 동그란 게 마치 '장화 신은 고양이'에 나오는 주인공 같달까요. 동물을 그리 좋아하는 것도 아닌데도 예뻐서 한참을 들여다 봤어요. 알고 보니 해외파더라고요. 주인 부부가 이집트 여행할 때 빈민촌에서 발견한 아이라고 했어요. 거기에서 한국까지 함께 왔는데, 그 과정이 만만치 않았다고 해요. 조금 신기했던 건 귀국하자마자 간 병원에서 들었다는 말이에요. 초진을 마친 수의사가 단번에 '한국 고양이가 아닌 것 같다'고 했대요. 지역에 따라 생물의 겉모습 뿐 아니라 내장기관도 차이가 있나봐요. 생각해보면 인간이든 동물이든 식물이든 모든 생명체는 사는 지역마다 생김새가 다 다르기 마련인데 나와 먼 존재는 너무 납작하게 바라봤던 건 아닌가, 하는 생각이 들기도 했어요. 그나마 고양이 이야기에 귀 기울였던 건 주변에 고양이를 키우는 친구들이 떠올랐기 때문이에요. 언니를 비롯한 고양이 집사 친구들 덕에 키워본 적은 없지만 왠지 고양이는 친근하게 느껴지거든요.

언니를 떠올린 순간은 또 있었어요. 북페어 전날 밤이요. 그제야 아직 못 다한 페어 준비에 박차를 가했거든요. 이번 페어에서 처음 선 보인 에세이 '달그랑 한 편'을 언니가 하나씩 실로 감아줬잖아요. 조금 남은 그 일을 홀로 열심히 했지만 역시나 꽤 어설퍼서 언니의 능숙한 손놀림이 그리웠답니다. 어찌나 고마웠는지. 언니의 큰 도움 덕에 페어에 완성품을 내놓을 수 있었요. 그 에세이는 7편 팔았어요. 아직 엄청난 마이너스지만 언젠가는 다 팔게 될 날이 오겠죠?

생각해보면 언니는 언제나 주는 사람인 것 같아요. 지금까지만 해도 저에게, 또 저희에게 항상 나누어주고 기꺼이 해주는 존재잖아요. 선물을 주고, 도움을 주고. 제가 언니를 떠올렸던 순간도 언니가 주고 간 물건과 손길을 바라봤을 때였고요. 함께 만나는 우리 중에 가장 어른인 언니라서 자연스레 그런 역할을 맡게된 건지, 원래 모두에게 친절한 사람인지 잘은 모르겠지만 언니의 친절이 누군가에게 큰 힘이 될 거라고 믿어요. 어쩌면 언니에게 받은 친절을 품은 누군가가 또 다른 누군가에게 친절을 베풀지도 모르죠. 그러면 이 세상이 조금은 더 나아지지 않을까요? 언제나 다정함은 강하니까요. 그래서 언니의 베풂이 지치지 않길 바랍니다. 언니의 마음도 누군가의 따스함으로 인해 언제나 풍성하게 차오르길 소망합니다. 언니에게서 뻗어나오고 또 언니에게 닿는 그 포근한 손길에 저도 포함된다면 참 기쁠 거예요.

삶은 주는 만큼 꼭 돌려 받는 법칙을 따르진 않지만 그래도 언니가 내어주고 배려한 온기만큼 언니의 생도 보드랍길 바라봅니다. 이곳 제주의 따스한 햇살처럼요. 그 따사로운 볕 덕에 거친 바람에도 제법 온기가 돌거든요. 언니의 생에도 매서운 바람마저 누그러뜨리는 봄볕같은 순간이 함께하길 바랄게요.

서울에서 날 좋은 날 또 만나요.

제주의 별 아래
담아 드림

삶의 온기를 내어준 당신에게,

잘 지내나요? 저는 그럭저럭 지내고 있습니다. 제주의 풍경을 마주하니 언니와 제주에서 함께 했던 시간이 떠올랐어요. 제주살이 하던 언니의 겨울에 나도 잠시 머물렀잖아요. 그때 쉬어 갔던 곳이 지금 있는 동네였던 것 같아요. 언니는 지금 어디쯤 있나요?

마지막으로 마주한 게 언제였는지 가물가물하네요. 저는 종종 카카오톡 프로필 사진을 보며 언니의 요즘을 짐작해봅니다. 언니 얼굴보다는 언니를 닮은 두 아이의 모습이 대부분이지만, 그 속에서 언니의 흔적을 찾아보곤 해요. 언니도 그 아이들처럼 맑은 표정으로 웃고 있나요? 언니라면 분명 부드럽고 단단한 엄마가 되었을 거라 믿어요. 나한테는 언니가 그런 사람이었으니까요.

참 이상해요. 생각해보면 우리가 처음 만났던 그 때, 언니도 참 어렸는데 왜 그렇게 언니라는 존재가 크게 느껴졌을까요? 언니가 가진 특유의 단단한 분위기 때문이었는지, 일찍 결혼을 한 탓이었는지, 아니면 나를 마냥 품어주던 언니의 따스함 때문이었는지 잘 모르겠어요. 어쩌면 그 모든 덕분일지도 모르겠네요. 우린 고작 네 살 차이었는데, 줄곧 내게 언니는 진짜 어른 같았어요.

어렸을 때부터 '언니'에 대한 로망이 있었어요. 나보다 조금 더 먼저 만난 세상을 들려주고 토닥여주는 사람. 가끔 투닥거리면서도 나를 향해 화살을 겨누는 누군가에게 버럭 소리를 지르고 같이 욕해줄 수 있는 사람. 그런 존재에게 대한 열망이랄까요. 슬프게도 저는 언니들과 가까워지지 못했어요. 낯선 사람 앞에서 굳어버리지만 윗사람들 앞에선 더욱 삐거덕거리는 제 탓이었죠. 유난히 선배들을 어려워했던 저는 그들에게 깍듯했지만 살가운 사람은 아니었으니까요. 그래서였을 거예요. 언니에게 끝내 말을 놓지 못하고 마지막까지 한 줌의 서걱거림을 남길 수밖에 없었던 건. 그래도 언니가 참 좋았어요. 어쩌면 너무 좋아서 더 조심스러웠을지도 몰라요.

가끔 생각해요. 언니에게 나는 어떤 존재였을까요? 마냥 받기만 하는 사람이었던 것 같아요. 언니를 만났을 때 지갑을 제대로 열었던 적이 있긴 했던가요. 언니 앞에서 열어젖힌 건 내 마음과 눈물 버튼뿐이었던 것 같아요. 첫 직장을 그만 두고 준비한 시험에서 미끄러졌을 때도, 여기저기 수많은 직장 문을 두드리면서 자괴감과 모멸감 사이를 뒹굴 때도, 언제나 언니는 두 팔 벌려 나를 감싸줬어요. '나중엔 네가 제일 멋지게 살 거'라면서요. 그 말이 큰 위로가 되었어요. 언니가 그렇게 말하면 진짜 그렇게 될 것만 같았거든요. 그 말을 붙잡고도 오랜 시간 방황하던 나를 아무런 평가 없이 그저 지지하고 응원해 주었던 그 마음 덕에 불안한 발걸음을 하나씩 뗄 수 있었던 것 같아요.

그런데 언제부터였을까요? 언니에게서 무척 멀

리 와 버린 기분이에요. 딱히 어떤 계기가 있었던 것도 아닌데 그저 서로의 삶에서 멀어져 버렸네요. '언제 한 번 보자'는 진심이 자꾸만 빈말이 되어 버리는 것 같아서 뱉기 어려워졌고, 근황 토크가 새로 낸 책이나 프로그램이 되어버려 꼭 강매하는 기분이라 삼키게 되고... 결국 아무 말도 건넬 수가 없게 되어 버렸어요. 언니라면 그냥 툭 내뱉은 인사에 언제든 해사하게 활짝 두 팔 벌릴 것 같다가도, 멀어진 사이를 채울 수 있을까 걱정되어 겨우 쥐어 본 인사말을 다시 넣어버리곤 합니다. 그럼에도 언니가 자주 생각나요. 어쩌면 이제 제가 언니라고 부를 사람보다 제게 언니라고 부르는 사람이 훨씬 많아진 탓일지도 모르겠어요. 누군가 내게 '언니'라고 부르는 많은 순간, 난 언니가 생각나요.

함께 나눈 수많은 술잔과 마주 앉았던 캠핑장, 제주의 풍경, 언니가 만들어 준 근사한 식사, 같이 들었던 촛불... 숱한 장면들이 떠오르지만 유독 자주 생각나는 건 태어난 지 얼마 되지 않은 아이를 안고 제 직장 근처까지 달려왔던 언니예요. 엄마가 된 언니가 낯설기도 했고, 낯선 모습으로 먼 곳까지 와준 그 마음이 벅차게 고마웠어요. 사실 그땐 그게 얼마나 대단한 일인지 잘 몰랐던 것 같아요. 그래서 더 마음에 걸려 있는지 모를 그 장면은 이상하게 꺼내 볼수록 따뜻해져요.

더 많이 생각나는 건 세례 받던 순간 내 뒤에서 눈물을 삼켰다던 언니의 말이에요. 그동안 힘겹게 지나온 내 시간들이 스치면서 꼭 내가 다시 태어나는 것만 같았다고 했잖아요. 그래서 앞으로는 정말 좋은 일만 있을 것 같다고. 내 삶을 이렇게 애틋하게 바라봐주는 사람이 얼마나 있을까 그런 생각을 했던 것 같아요. 인생에서 가장 어둡고 매서웠던 시절을 차갑지 않은 시선으로 어루만져준 언니가 있어서 그 암흑기를 잘 견뎠던 게 아닐까요?

얼마 전에 아주 어린 친구가 제게 그런 말을 했어요. 언니는 참 대단한 것 같다고. 진짜 어른인 것 같다고. 깜짝 놀랐어요. 난 여전히 모르는 게 너무 많고 서툰 거 투성인데. 그리고 언니를 떠올렸어요. 나한테 너무도 크게 보였던 언니도 나랑 같은 마음이었을까요?

언니, 나는 언니한테 받은 그 커다란 마음을 먹고 조금은 단단해졌어요. 쉬이 무르던 마음은 예전보다 좀 꿋꿋해졌고, 누군가 툭 치면 부러질만큼 뻣뻣했던 생각은 꽤 유연해졌어요. 그래서 이제 저도 누군가에게 희미한 온기를 전할 수 있는 사람이 된 것도 같아요. 언니 덕이에요.

보고 싶어요. 언니한테 받은 게 너무 많아서 나도 참 많이 주고 싶은데 여전히 줄 수 있는 게 없는 것 같아 미안함만 앞서고 그게 또 주저함으로 굳어버리지만 그래도 꼭 다시 보고 싶어요. 그땐 제가 맛있는 식사를 대접할게요.

제주에서 그리움을
담아, 드림

같은 길을 앞서 걷는 당신에게,

원주는 안녕한가요? 저는 목포에서 배를 타고 오늘, 제주에 도착했습니다. 어젯밤 미리 이곳에 도착한 친구와 만나 식사를 하고 숙소 체크인을 마치고 카페에 나왔어요. 일을 하겠다고 노트북을 펼쳤는데 라디오 소리가 너무 커서 집중이 되지 않네요. 음악 대신 라디오가 나오는 카페라니, 너무 낯설고 신기해요. 방금 전까지는 동네 주민분들이 우르르 와서 귀한 제주 방언을 잔뜩 들었답니다. 이런 게 낯선 곳에서만 마주할 수 있는, 서걱대지만 신비로운 순간들이겠죠? 지금까지 집을 떠나온 일주일의 시간을 돌이켜보면 내내 그랬던 것 같습니다. 평소와 비슷하게 일하고 밥먹고 잠을 자는데 서먹한 공간에서 약간 달라진 공기를 마시며 아주 조금 낯선 하루를 보내고 있달까요. 작가님의 하루는 어때요? 여전히 바쁜가요?

오늘 만난 친구는 그런 이야기를 했습니다. 큰 기쁨도, 슬픔도 없이 그저 고만고만한 일상을 지내고 있다고. 주변 친구들을 보면 정도의 차이가 있긴 하지만 대부분 비슷한 고민을 안고 사는 것 같아요. 그럴 때마다 생각합니다. 삶이란 참 별 거 없다고. 어릴 때는 뭐 그렇게 커다란 꿈을 꾸었을까 싶기도 하고요. 큰 동요가 없어지는 나이가 고맙다가도 문득 점점 더 시간이 흐르면 정말 즐거움도, 기쁨도, 감동도 희미해지는 건 아닐까 두렵기도 합니다. 그럴 때면 작가님의 호탕한 미소가, 천진한 목소리가 떠올라요. 그러면 어쩐지 조금 안심이 됩니다. 더 시간이 지나도 마음껏 기뻐하고 또 슬퍼할 수 있을 것 같아서요. 나보다 앞선 이가 있다는 사실이 이렇게나 든든한 위로가 될 수 있음을 작가님을 통해 알게 되었습니다.

그리고 또 생각해요. 여전히 어렵고, 여전히 욕심

나면서도 손에 잡히지 않아 안달나는 이 망할 놈의 창작을 하길 잘했다고. 영원히 채워지지 않을 이 녀석 때문에 아마 저는 평생 평온하지만은 않을테니까요. 그 길을 함께 걸을 수 있는 동료를 만나 기쁩니다. 무엇보다 서로의 부족한 부분을 가지고 있다는 게, 그 능력을 기꺼이 내어줄 수 있다는 게 감사합니다. 내가 가진 걸 기꺼이 내어주고픈 사람을 만난다는 게 쉽지 않음을, 내어준 마음을 가벼이 쥐지 않는 이가 부풀게 하는 삶의 기쁨을 잘 알기에, 작가님이 제 동료이자 친구라는 사실이 참 든든해요.

작가님을 떠올리면 든든해지는 이유가 또 있어요. 세상이 할퀴고 지나간 자국을 끌어안고 있으면 작가님이 늦게라도 헐레벌떡 달려올 것만 같거든요. 넘어진 내 손을 잡아끌어 일으키고 몸에 묻은 흙먼지를 탈탈 털어주고는 어딘가로 데려가 맛있는 걸 먹이며 다독여줄 것만 같거든요. 그럼 전 눈물자국으로 얼룩진 눈가에 주름을 만들며 헤헤거리겠죠? 그런 믿음만으로도 벌써 앞으로 다가올 나쁜 일에 지지 않고 당당하게 마주할 수 있을 것만 같아요.

이곳은 비가 내려요. 바닷바람은 춥고 저는 매우 피로합니다. 해야 할 일은 많은데 노곤해서 그저 잠으로 빠져들고 싶은 마음이에요. 하지만 지금 이 순간의 정적을-사장님이 라디오를 꺼주셨어요!-, 그 사이를 비집고 들어오는 약간의 빗소리를, 이곳에서 마신 알싸하고 부드러운 생강라떼를, 이곳에 차와 함께 배를 타고 무사히 도착했다는 작은 성취감을, 새로운 숙소에 적응할 귀찮음과 설레는 마음을, 기억하고 싶습니다. 서울에 돌아가면 이 조각들이 제 안 어딘가를 뒹굴다가 문득 나타나는 순간이 있겠죠? 그때 마치 이 순간에 작가님도 함께 있었다고 착각할 것만 같아요. 지금 작가님이 꼭 옆에 있는 것만 같거든요. 그립습니다. 곧 또 만나요.

제주의 밤을
담아, 드림

새로운 시작 앞에 선 당신에게,

귀엽고 씩씩한 내 친구, 자기주도적으로 잘 먹고 있으려나? 나는 군산을 시작해서 정읍, 변산, 광주, 나주, 목포를 지나 오늘 배를 타고 제주에 도착했어. 많은 곳을 스쳐왔지만 사실 제대로 여행을 한 기분은 아니야. 차에 잔뜩 실린 일감과 책의 무게만큼이나 마음이 무거웠거든. 오늘은 출렁이는 배에서도 컴퓨터 작업을 했다니까. 올라오는 멀미 때문에 금세 노트북을 덮고 누웠지만. 그리고 모니터 대신 여객실 사람들을 구경했어. 그중에 아주 귀여운 사람들을 만났지 뭐야. 어린 남매랑 엄마 얘기야. 여자아이는 엄마를 그리겠다며 종이에 그림을 끄적였지. 엄마는 혹여 아이들이 불편할까봐 바닥에 이불을 깔고, 벽을 찾아 기대게 해주면서도 아이들이 다른 사람들을 불편하게 하지 않도록 신경을 썼어. 지우개 가루를 떨어뜨리지 않도록 다정하게 주의를 주고 캐리어가 쿵 바닥에 떨어져 소란을 일으키지 않도록 애쓰더라고. 네가 생각났어. 물론 그 엄마는 조금 더 수줍고 조심스러워보였지만. 너라면 더 적극적으로 사근사근한 미소를 뿌리며 주변에 양해를 구했겠지. 어쩌면 꼬미를 향해 더 진한 카리스마를 뿜어냈을지도 모르고 말이야. 하지만 아이를 배려하고 주변을 돌보는 그 노련하고 멋진 마음이 너를 떠오르게 했어.

꼬미와 함께하는 너는 어떤 모습일까? 감히 상상이 안 되지만 분명 슈퍼우먼처럼 열심히, 멋지게 잘 해내겠지? 하나에서 둘이 되는 과정에서 마주하는 갈등과 고민을 너무도 지혜롭게 헤쳐 나갔던 너니까, 둘에서 셋이 되면서 만나는 크고 작은 흔들림도 분명 현명하게 잘 다스릴거라 믿어. 그리고 그보다 더 크고 진한 기쁨과 감동을 만들어내겠지. 그게 너니까. 그런 너를 닮아서 꼬미도 세상의 크고 작은 시련을 지혜롭게 다스리고 자신만의 진한 행복을 만들어가는 사람이 될거야. 꼬미가 만날 세상은 어쩌면 지금보다 더 혼란스럽고 메마를지도 모르지만 분명 그 안에서 새로운 오아시스를 발견해 내리라 믿어. 네가 단단한 걸음과 멋진 지혜를 가르쳐줄테니까. 그 과정에서 너와 꼬미가 만나고 만들어갈 모든 순간을 응원할게.

여기는 비가 내려. 아름답고 따뜻한 제주의 밤이라기보다는 바닷바람이 매섭게 불어오는 춥고 서늘한 제주랄까. 이번 주말에 북마켓이 예정된 탓에 조금 날이 서 있기도 하고, 지금까지 누적된 피로감에 그저 퍼져있고 싶은 마음이 굴뚝같기도 해. 하지만 나아가야겠지? 잘 해내고 싶은 욕심과 마냥 쉬고 싶은 응석, 그 두 마음 사이에서 나만의 균형을 찾으면서 말이야. 그 과정이 늘 고되지만 너같은 친구들의 단단하고 따스한 응원이 큰 힘이 돼.

따뜻하고 단단한 사람, 그리고 그런 글. 내가 되고 싶었던, 만들고 싶었던 그건 어쩌면 너와 같은 주변 사람들을 통해 배웠던 감정과 느낌이 아니었을까. 그 보드라운 온기가 스치니 스산한 밤도 애틋하게 느껴진다.

소중한 내 친구, 지금 우리는 아주 멀리 떨어져 있고, 각자의 일상도 점점 멀어지고 있지만 그럼에도 늘 너의 삶을, 걸음을 응원해. 여전히 귀엽고 사랑스러운 내 친구인 너도, 소중한 존재의 엄마가 될 너도 말이야. 언제나 오래도록 건강하길 바랄게. 곧 만나자.

제주의 설렘을
담아, 씀

쉴 새 없이 흔들리는 당신에게,

안녕. 요즘 너의 시간은 어떠니? 예전에 네가 나를 떠올리며 쓴 글을 읽었을 때 바로 답장을 하고 싶었는데 쉽게 펜을 들 수가 없었어. 어쩌면 네 눈에 비친 내가 실제의 나보다 더 나아보여서 진짜 나를 드러내기 조심스러웠지도 모르겠다. 네가 보는 나는 꽤나 단단하고 따뜻하게 느껴졌거든. 그게 참 좋으면서도 좀 복잡한 마음이 들었어. 네가 말한 나는, 내가 지향하는 모습이었지 현재의 나는 아닌 것 같았거든.

이런저런 생각이 들었어. 내가 꿈꾸던 모습이 나라고 너에게 강요했었나. 아니면 그동안 네 앞에서 거짓된 모습을 꾸며냈던 걸까. 여러 생각 끝에 내가 내린 결론은 이거야. 설령 그게 연기의 결과일지라도 내 모습이 맞다. 어쩌면 나는 내가 생각하는 것보다 꽤 괜찮은 사람일지도 모른다. 그렇게 생각하니까 내가 달리 보이더라. 내 앞에 놓인 세상도. 이전과 다른, 조금 더 멋진 나와 함께라면 뭐든 좀 더 잘 해낼 수 있을 것만 같았거든. 작은 희망과 기쁨이 차올랐어.

너는 그런 사람이야. 자신이 보지 못하는 예쁜 모습을 발견해주는 사람. 무엇이든 사랑스러운 눈으로 바라봐줄 수 있는 사람. 그래서 상대가 진짜 꽤 좋은 사람이라고 스스로 믿게 만드는 사람. 어쩌면 그게 자신보다 타인을 먼저 생각하고 배려해 온 네 삶이 네게 준 능력일지도 모르겠다. 그게 결코 자연스러운 것도, 쉽게 얻어진 것도 아니라고 생각해. 누군가는 분명 외로움과 불만으로 똘똘 뭉쳐버리고 말았을지도 모르지만 너는 쓸쓸함을 털어내고 뾰족함을 뽑아낸 뒤 남은 파편들을 예쁘고 찬란하게 엮어 너만의 빛을 만들어냈잖아. 그게 바로 네 달란트가 아닐까. 네가 지닌 그 풍성한 사랑스러움을 그저 지나온 무수한 시간과 주변 사람들 덕이라고 하기엔 조금 부족하다는 생각이 들었거든. 네가 지금처럼 이렇게 반짝이는 건 그동안 스쳐지나온 수많은 장면들을 잘 품고 멋지게 만든 너만의 능력 덕분 아닐까.

그렇게 빛나던 네가 얼굴에 옅은 그늘을 드리우며 '쉴 새 없이 흔들린다'고 말했을 땐 어찌할 바를 모르겠더라. 게다가 그런 순간에 나를 떠올렸다니. 무엇이든 도움을 주고 싶은데 도대체 뭘 어떻게 해야 할 지 모르겠더라고. 결국 아무 말도 할 수 없었어. 그런데 어제 문득 네가 떠오른 거야.

숙소에서 신청한 프로그램이 열리는 책방까지 걸어가는 길이었어. 약 한 시간 정도 걸리는 그 길을 무조건 걸었지. 차로 가면 금방인데 그냥 걷고 싶었어. 이곳에 와서 정신없이 시간을 보내느라, 그 전까지 여유롭게 가벼운 마음으로 걸어본 적이 없었거든. 거세게 몰아치는 바람도 반가웠어. 그 바람결에 몸을 내맡기며 흔들리는 청보리나 들풀, 채소들도 실컷 들여다 봤어. 신나게 춤을 추는 것 같더라고. 우리는 그런 걸 볼 때마다 너무도 당연하게 '춤을 춘다'고 하잖아. 그런데 문득 그런 생각이 들더라. 쟤들도 그렇게 생각할까? 청보리나 들풀 입장에서는 세찬 바람에 꺾이지 않기 위해 뿌리에 힘을 팍 주고 온몸으로 견디고 있는 건 아닐까? 그러면서 생각했어. 중심을 잡는다는 건 끊임없이 흔들리는 게 아닐까? 사실 흔들림 없는 일상에서 중심을 잡는 일이야 쉽잖아. 하지만 바로 서있기만 하면 뿌리에 힘을 줄 일도 없으니 어느 순간 훽 뽑혀 버리지 않을까? 그렇다고 바람을 향해 그저 꼿꼿하게 서 있다간 꺾일지도 모르잖아. 그러니까 쉴 새 없이 흔들리고 있다면, 그저 바람결에 몸을 맡기고 춤을 춰보는 건 어때? 아주 사소한 나만의 리듬을 만들어서 말이야.

생각해보면 나는 쉴 새 없이 흔들렸고, 지금도 그래. 때론 나를 휘감는 바람에 미친 듯이 날뛸 때도 있었고, 거의 바닥에 몸을 뉘일 정도로 꺾인 적도 많았어. 하지만 그 무수한 움직임이, 사소한 떨림이 내가 오랫동안 쓰러지지 않고 버틸 수 있는 이유라는 생각이 들었어. 그렇게 정신 없이 춤을 추다보면 언젠가는 단단해진 뿌리에서부터 뻗어 나온 나만의 열매를 맺을 날이 오지 않을까? 그 달콤하고 고소한 맛을, 야무지고 보드라운 감각을 함께 나누었으면 좋겠다.

나는 믿어. 선한 사람이 가진 단단한 힘을, 사랑스러운 이가 품은 부드러운 변화를, 성실한 움직임이 만들어 내는 리듬의 생기를. 그러니 너도 너의 가능성을 믿어 보는 게 어때? 나도 모르던 내 빛남을 발견해주었던 멋진 능력으로 너의 숨겨진 놀라움을 찾아보는 거야.

언제나 응원할게. 춤추듯 흔들리는 너의 모든 순간을.

제주의 바람 속에서
마음을 담아, 씀

지혜롭고 투명한 당신에게,

장미 향기 아래 열심히 공부하고 있을 당신, 안녕한가요. 사실 우도에서 편지를 써야지 하고 편지지를 챙겨갔는데 엄청난 바람 때문에 배가 뜨지 못했지 뭐예요. 그래서 오늘 방에서 이 편지를 씁니다. 예산 문제로 남은 시간은 최대한 숙소에서 버텨보기로 결심했거든요. 그게 얼마나 지속될지는 모르겠지만 말이에요.

며칠 전에 누군가와 이야기를 나누었어요. 처음엔 아무 생각 없어 들었는데 점점 궁금해졌어요. 내뱉는 그 사람의 한숨이 쌓여갈수록 좀 이상하단 생각이 들었거든요. 세상의 잣대로 그의 삶은 별 문제가 없어 보였어요. 결혼, 적당한 집과 차, 성실하고 착한 배우자와 제법 번듯한 직장까지. 그럼에도 그는 예전만큼 환하게 웃지 못한다고 하더라고요. 안정을 바라기에 지금의 삶을 택했지만 밋밋한 일상이 못내 지루해 또 짜릿한 설렘을 꿈꾸고 있었죠. 권태와 주저 사이 어디쯤엔가 갇힌 여린 새 같아보였어요. 이상하게도 그때 문득 당신이 떠올랐습니다. 매사에 당당하고 자신의 생각을 선명하게 말하며 그 목소리를 따라 망설임 없이 가는 사람, 그러면서도 타인의 마음과 생각에 귀 기울이고 스스로를 돌아볼 줄 아는 사람, 자신만의 꿈을 꾸고 다가가는 사람. 쨍한 원색의 머메이드지처럼 단단하고 선명한 당신이요.

또 다른 사람을 보고도 당신이 떠올랐어요. 책방 프로그램에서만난 분인데 대안학교 교사라고 하더군요. 크지 않은 목소리와 조심스러운 태도를 가졌지만 자신의 소신이 분명하고 단단한 사람같았어요. 자신이 품은 꿈과 다가올 미래를 진지하게 바라보고 어려움이 있을 거라는 사실을 분명하게 인지함에도 그 길을 '선택'하더라고요. 아마 그 단단함이 당신을 떠올리게 한 것 같았어요.

당신의 하루가 펼쳐지는 그곳은 어떤가요? 매일 열심히 일하고, 놀고, 공부하는 당신의 바쁜 삶을 엿보면서 놀랍니다. 그 열정과 에너지에 말이에요. 그렇게 빠듯한 일정 속에서 웃음을 잃지 않는 단단함이 참 대단하다고 생각해요. 신나는 웃음이 결코 가볍지 않다는 것을 잘 알기에, 그 표정이 더 귀하게 느껴지고요. 그런 모습이 여기 제주와 닮았다는 생각도 듭니다. 거친 바람이 불어닥치지만 제주의 날씨는 따사롭게 느껴지고 꽃과 풍경은 아름다울 때가 많거든요. 그러니 이 어여쁜 제주의 모습은 단순히 여리고 고운 얼굴이 아니라 세찬 비바람을 이겨낸 멋지고 단단한 아름다움이 아닐까요?

뜬금없는 고백을 하자면 처음에 당신과 가까워질 거라고 생각하지 않았어요. 언제나 너무 세차게 불어오는 사람 앞에선 조금 뒤로 물러나게 되거든요. 자신의 색이 너무 분명해서 도무지 내 옆에서 유연하게 구부러지지 않을 것만 같은 사람을 보면 약간의 거리를 두고 서게 되니까요. 제가 달아날 공간을 만들어둔달까요? 그런데 당신은 조금 달랐어요. 성큼성큼 다가오면서 '왜?'라는 질문을 던지는데, 그게 '너를 도저히 이해할 수가 없어'라는 단절이 아니라 '당신을 이해하고 싶다'는 고백으로 들렸거든요. 커다란 물음표가 찍힌 당신의 눈동자를 볼 때마다 내 머리와 마음을 들여다 봤습니다. 제대로 된 대답을 해주고 싶었거든요. 그러면서 미처 보지 못했던 내 마음을 발견하고, 헝클어져 있던 생각들을 정리했죠. 당신의 물음표는 게으른 나를 다그치는 좋은 도구였던 셈입니다. 덕분에 나는 조금 더 부지런히 감정과 사고를 고를 수 있었어요.

당신은 종종 느낌표를 던지기도 합니다. 내가 생각하지 못한 나의 장점을 발견해주거든요. 엄청난 걸 찾아낸 것처럼 진지한 표정으로요. 그럴 때마다 조금 머쓱해진 나는 속으로 다짐합니다. 당신의 착각이 진실이 되도록 좀 더 나은 사람이 되어야겠다고요. 나로 인해 조금은 변했다는 당신의 움직임에 힘이 빠지지 않도록, 내가 좋은 사람이라 믿는 당신의 마음을 배반하지 않도록 더 멋진 사람이 되고 싶어집니다. 이야기를 나눌 때마다 나를 자꾸 조금씩 자라고 싶게 만드는 당신이 참 좋습니다.

시간이 흘러 함께 나눈 꿈들을 이루고 나면 우리는 어떻게 변해있을까요? 아마 새로운 설렘과 즐거움을 찾고 있겠죠? 지금보다 조금 더 멋진 모습으로, 제주처럼 고혹미를 풍기며 서로를 따뜻하게 바라보면서 말예요.

꼭 그랬으면 좋겠습니다.

제주에서
멋진 꿈을 담아, 씀

언젠가 일어날 멋진 기적을 바라며,

며칠 전, 우도에 가려고 했습니다. 하지만 엄청난 바람으로 우도행 배는 뜨지 않았어요. 다시 도전해볼까 했지만 이번 워케이션에서는 결국 가지 못할 것 같아요. 우도는 제가 머무는 곳에서 제법 멀거든요. 숙소 사장님 말로는 이곳 주민들에게 그곳까지 가는 일은 세계일주 수준이라나요. 차로 30분 이상 걸리는 곳은 가지 않는다던데, 숙소에서 우도행 배가 뜨는 성산까지는 무려 한 시간 삼 십분 가량 걸리거든요. 그 여파인지 오늘은 매우 피곤한 몸을 이끌고 집안에서만 느릿한 움직임을 이어 갔어요. 빨래를 돌리고, 장에서 사온 고구마를 삶았죠. 끼니를 고구마로 떼우려고 했는데 숙소 스태프분이 토마토 리소토를 만든다더군요. 제 토마토 두 알과 삶은 고구마 네 개를, 근사한 토마토 리소토 한 그릇과 바꾸었습니다. 식사와 커피까지 함께하며 이런저런 대화를 나누었습니다.

그분이 묻더군요. 제주를 돌면서 언제 가장 설레고 놀랐냐고. 잠시 생각해보았습니다. 엄청난 감동은 사실 없었던 것 같아요. 그럼에도 낮은 건물과 탁 트인 시야, 여기저기 걸리는 푸른 빛에 조금은 여유롭고 느슨한 마음을 가진 것도 사실이고요. 어쨌든 일상에서 살짝 빗겨나 있다는 안도감, 여기에서는 아주 조금 게을러도 될 것 같은 느슨함, 서툴고 어설픈 행동도 이해받을 수 있을 듯한 너그러움 같은 게 좋았어요. 빡빡하지 않은 도로도, 빵빵대지 않은 차도 마음에 들었습니다. 그러면서 생각했어요. 아, 나에게 큰 감동으로 다가오는 건 커다란 것들이 아니구나.

물론 예쁜 바다, 제주만이 보여주는 자연 풍경이 주는 감동도 분명 있었습니다. 하지만 저에게 깊고 진한 여운을 남기는 건 역시 사람의 흔적이었어요.

그들과 나눈 대화나 그 연결고리를 통해 뻗어나가는 놀라운 기적같은 거요. 지난 주말에는 책방 프로그램에서 한 분을 만났는데, 제가 작업하는 소설 속 주인공과 비슷한 경험이 있는 지인을 소개시켜주기로 했거든요. 그런 연결성이 놀라웠어요. 가시적이고 구체적인 성과가 아니더라도 오가는 대화 속에서 건질 수 있는 힘과 용기도 있었고요. 일생에 단 한 번 스쳐지나고 말 인연일지라도 그분이 건넨 말들이 오랫동안 제 마음 속에 머물테니 연은 어쩌면 평생 지속되는 게 아닐까요.

조금 욕심을 부려본다면, 제가 보낸 말 중 몇 개가 당신 마음에 뿌리를 내리고 꽃을 피웠으면 좋겠습니다. 마음에 바람이 불어올 때마다 은은하고 달콤한 향이 당신의 코 끝에 닿아 산뜻한 기분을 만들면 얼마나 좋을까요? 할 수만 있다면 이곳에서 마주한 봄도 봉투에 함께 담아보내고 싶습니다. 제주의 봄이 딱 우리 생의 봄날 같거든요. 분명 세차게 부는데 그 끝이 차갑거나 아프지 않고 따스한, 역동적이고 시원하며 감촉이 느껴지는 그런 오묘한 온도와

생기가 느껴진달까요. 우리에게도 그런 봄날이 찾아 왔으면 좋겠습니다. 저마다의 부침이 있겠지만 따스한 햇살만 함께 한다면, 그 길을 함께 걸어줄 이만 있다면 세찬 바람도 시원하게 지날 수 있지 않을까요?

올해 당신에게 그런 봄이 함께하길 바랍니다. 설령 이 봄이 끝난대도 말예요.

제주에서 봄을
담아, 드림

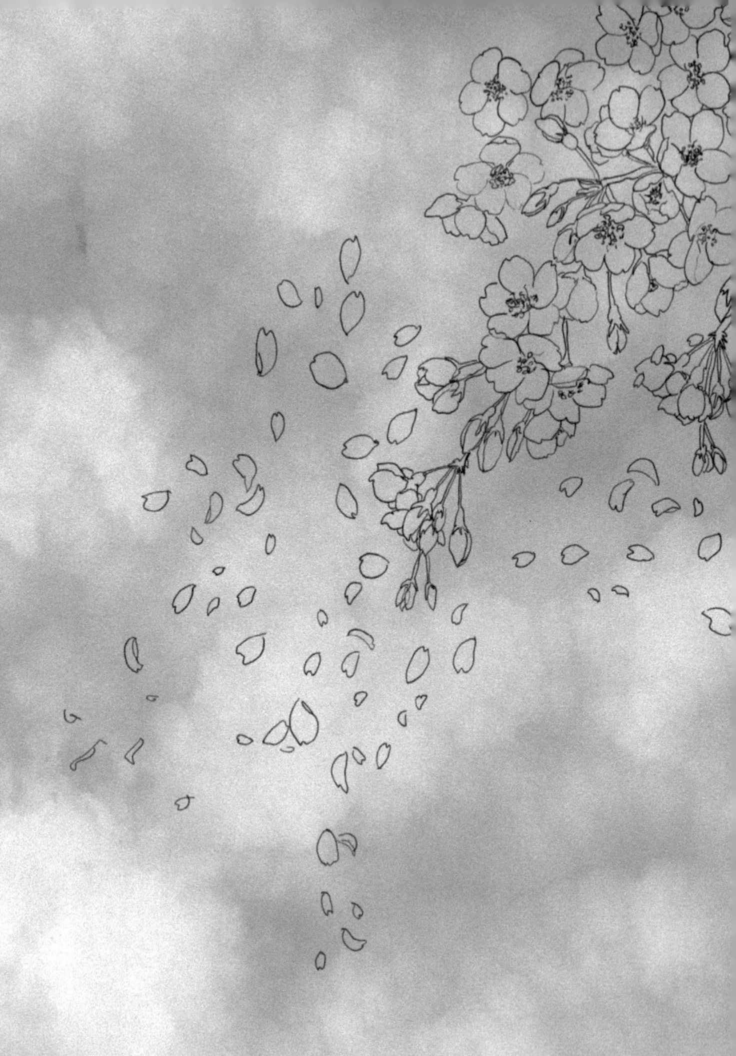

PART 3. 또 다시, 봄

일상으로 돌아온 편지

같은 길을 앞서 걷는 당신으로부터,

사월이 지나고 어느 새 오월입니다. 편지를 읽자마자 터질 것만 같은 마음을 정신없이 엉망인 글씨로 적어내려 갔었는데 이제야 편지를 부칩니다. 긴 여행을 마치고 다시 일상으로 돌아간 담아님의 소식을 인별그램에서 만난 저는 요즘 다가올 빠른 날에 담아님의 일상이 있는 서울로의 여행을 꿈꾸고 있답니다. 오월이 지나기 전, 서울에서의 재회를 또는 다른 곳에서의 만남을 기대해보며...

오월 삼일 담아에게

쉴 새 없이 흔들리는 당신으로부터,

언니, 편지 고마워. 잠시 머무는 제주도지만 여전히 아름답다는 이야기에 나도 예전에 제주도 여행했을 때의 빛과 바람이 느껴지는 기분이었어. 그곳에서 일을 해보겠다고 떠난 언니의 용기와 실행력에 박수를 보내. 말로는 계획대로 되지 않는다고 하면서도 꾸준히 글을 발행하고, 주변을 돌아보면서 맛집과 좋은 사람들의 인연을 소중하게 기록하는 모습은 정말 멋져. 나도 대리만족을 하고 있어.

언니가 그랬잖아. 누군가의 멋짐을 발견하고, 그게 무엇이든 사랑스러운 눈으로 바라봐 줄 수 있는 게 나의 달란트라고. 그런데 언니의 문장을 읽고 생각해보니 정작 내 자신에게는 그렇지 않았다는 생각이 들었어. 그래서 나에게도 그런 재능을 좀 발휘해 보려고 노력 중이야. 나는 요즘도 자주 겁쟁이가 되고 흔들리지만 그런대로 앞으로 나아가고 있어.

요즘들어 예전에 언니가 말해줬던 '학습된 무기력'에 대해서 자주 생각해. 성공 경험을 쌓지 않다보면 어느 순간 '나는 해도 안 돼'라는 생각에 머물게 되고, 그럼 무기력에 빠져서 아무 행동도 할 수 없게 된다고 했었잖아. 겁 먹은 눈으로 세상을 바라보고 너무 조심하려고만 하는 나를 보면서 이렇게 무기력을 학습하는 건가, 라는 생각을 했었어. 그 무렵이었던 것 같아. 월요일이 되면 마음이 갑갑해지기 시작한 게. 내가 하고 있는 일이 맞는지 걱정되고 불안하기도 하고 말이야. 일요일 저녁이면 괜히 명치 부분이 콕콕하면서 아픈 느낌이 들었는데 나도 알겠더라고. 이건 분명 '월요일싫어병'일 것이라는 것을.

그때 또 한 번 언니의 말이 생각났어. 고등학교 때 아침마다 거울을 보며 '나는 할 수 있다'고 읊조렸다던 그 말이. 나도 비슷하게 따라하기 시작했어. 언니가 확실히 자신감이 생긴다고 했으니 그 말을 믿고 가보자고 말이지. 언니는 혼자 가는 외로운 길에서도 꺾이지 않고 계속 걸어가는 사람이니까, 언니 말대로 하면 나도 나아갈 수 있을 것만 같았거든. 그래서 나는 '나의 생각을 선택할 것'이라는 다짐을 읽기 시작했어. 한동안 거의 매일. 그랬더니 정말 신기한 일이 벌어졌어. 머릿속에 가득했던 나를 향한 불신이 조금씩 밀려나가기 시작하는 거야! 어때? 나 정말 그런대로 앞으로 잘 나가고 있었지?

언니 말처럼 흔들리면서도 앞으로 나아가는 것, 그렇게 버티는 것. 그건 정말 응원해 줘야 해. 우리가 흔들리면서, 아니 춤추면서 버텨온 세월이 얼마야? 이 정도면 굿거리 장단에 브레이크 댄스라도 출 수 있지! 안 그래?

항상 응원해 주는 것도, 함께 버티고 나아가는 모습을 보여주는 것도 정말 고마워.

나도 언니가 추는 모든 춤을 응원할게.

지혜롭고 투명한 당신으로부터,

제가 오랫동안, 여러 번 담아 언니에게 이런 편지를 꼭 써야겠다 마음을 먹었는데요, 이상하게 펜을 들면 자꾸 하고 싶었던 말들이 거짓말처럼 날아가버리는 거예요. 친구들에게 편지를 쓸 때 이런 적은 한 번도 없었는데. 하고 싶은 말이 많은데 또 대충할 수는 없고, 제 마음을 잘 전해야겠다는 생각이 간절하니까 오히려 편지가 잘 써지지 않았어요. 그래서 크리스마스 때도, 연말에도 짧게 엽서를 쓴 게 다였어요. 원래 계획은 그게 아니었는데도요. 이번엔 제 마음을 잘 쓸 수 있었으면 좋겠어요.

원래는 이런 말들을 하고 싶었어요. 저는 담아언니를 만난 후로 사람과의 관계에 대해, 그리고 또 제 마음가짐이나 행동에 대해 이전과는 조금 다른 생각들을 하고 사는 것 같아요. 인연이라는 건, 좋은 게 주어지면 감사한 거고 아니면 어쩔 수 없는 거 그 이상도 이하도 아니었거든요, 저에겐. 그렇게 생각하고 사는 사람치고 인복은 또 넘치게 있어서 늘 감사하며 살았죠. 그러다보니 어떤 관계에 있어 내가 이만큼 붙잡고 이만큼 노력해야지, 하는 생각을 해본 적이 잘 없어요. 그런데 담아 언니를 만나고 나서는 조금 달라진 것 같아요. 그동안 내가 누리던 복을 그저 펑펑 써버리지 말아야지, 어쩌면 여태껏 내 모든 운을 거기게 썼을 지도 모르니까 내게 다가온 정말 소중한 사람에게 정말 잘해야지, 하는 마음이 생기더라고요.

우리가 만나고 관계가 깊어진 지는 얼마 되지 않았지만 저는 담아 언니같은 사람이 내 삶에 나타난 게 정말 소중하고 좋아요. 제가 살아가면서 노력하고, 깊이 생각하고, 닮고 싶은 것들을 담아 언니가 비슷하게 안고 살아가는 게 좋아요. 귀하게 여기는 가치들이 같은 점도 좋고요. 그래서 앞으로도 오래

오래 곁에서 많이 배우고 또 함께 나누고 싶어요.

가장 좋은 건 엄청 다르다는 점이에요. 다르기 때문에 배울 수 있는 점이 많거든요. 저로서는 할 수 없는 생각이나 느낄 수 없는 감정들을 언니가 이야기해 줄 때마다 전 정말 귀한 삶의 지혜를 배우고 있어요. 작정하고 읽은 책이나 강의로는 얻을 수 없는 것들이라 더 소중해요. 더 어른이니까 어린 사람에게 쉽게 할 수 있는 행동들이나 불편한 질문들, 이야기 같은 걸 담아 언니에게서 느껴본 적이 한 번도 없는 것 같아요. 이런 건 그 순간 느껴지는 게 아니고 천천히 곱씹다 보면 알게 되는 것들이라 더 어려운 행동이라고 생각하거든요. 상대방이 좋아하는 걸 잘하는 사람 말고, 싫어하는 걸 안 하는 사람 말예요. 제가 진짜 못하는 일이기도 해서 이런 면 또한 많이 배우고 있는 중입니다.

저는 제가 느끼는 감정이나 생각을 명확히 표현하는 걸 좋아하고 또 상대방도 그렇게 해줄 때 정말 기쁜데 담아 언니는 표현도 참 잘하는 사람이에요. 그게 무엇이든 진심을 담아서 이야기 해주는 것들이 자주 느껴져서 늘 감사해요. 말이든, 행동이든 또 선물이든 상대에게 닿도록 꺼내는 게 좋아요.

담아 언니한테 받은 것만큼 제가 주고 있는지 잘 모르겠어요. 감정적인 것이든, 물질적인 것이든. 저도 언니한테 좋은 사람, 훌륭한 사람, 오래오래 함께 하고 싶은 사람이고 싶은데 말예요. 제가 혼자서 생각하고 다짐하는 것 만큼 표현을 못하고 있더라도, 혹은 제 마음과는 다르게 무언가가 전달되어 오해나 상처가 생기더라도 그 순간마다 잘 극복하고 오랫동안 인연을 이어갔으면 좋겠어요. 제가 노력할게요.

우리가 나란히 앉아 계획한 올 한 해의 많은 일들, 꼭 다 이루어서 2024년 끝에 웃으며 서로의 성취를 자랑할 수 있길 진심으로 기도할게요! 그리고 그 어느 때보다 건강하게 한 해 보내요.

당신에게 봄이 닿길 바라며,

이 글을 꺼내 읽는 당신에게,

/

당신의 요즘은 어떤가요?

저는 싱숭생숭합니다. 마음이 조급해지기 시작했거든요. 대체 지금까지 뭘 한 거지? 또 한 계절이 지났는데! 왜 나는 이 모양일까. 답답하고 화가 나다가 조금 억울한 마음이 들었습니다. 매일 바쁘고 힘들었던 것 같은데 왜 뭐 하나 잡히는 게 없는 걸까요? 대체 제 땀과 눈물은 다 어디로 가버린 걸까요?

침울 속으로 침전하기 시작할 무렵, 오랜 친구에게 연락이 왔습니다. 사는 게 피로하고 지겹다고 하더라고요. 그 친구는 누구보다 제 몫을 잘 해내기 위해 노력해왔습니다. 아르바이트도, 공부도 게을리 하지 않았고, 1인분 그 이상의 삶을 위해 매 순간 최선을 다했죠. 하지만 애써 지켜온 삶이 친구는 만족스럽지 않다고 했습니다. 일로 만난 누군가도 비슷한 이야기를 하더군요. 오랫동안 한 직장을 다닌 보통의 커리어가 사소하게 느껴지고, 회사와 집을 쳇바퀴처럼 맴도는 일상 속에서 시간을 버리는 느낌이라고 했습니다. 그런데 저는 그들이 지나온 그 시간이 참 대단하게 느껴졌습니다. 매 순간 최선을 다한 이의 꾸준함과 성실성, 같은 일을 오랫동안 해 온 사람들이 갖는 전문성과 끈기는 정말 멋지니까요.

우리 사회는 '특별함'과 '변화'에만 너무 주목하는 경향이 있습니다. 하지만 사실 일상을 유지할 수 있는 힘은 꾸준하게 변함없는 것들이잖아요. 창작자로서 매번 느끼는 부분이기도 하지만 제가 기획한 것들을 실제로 만들어내기 위해서는 행정과 실무의 힘이 반드시 필요합니다. 그게 없다면 실은 아무것도 일어나지 않죠. 눈에 잘 보이지 않지만 늘 꾸준히 움직이는 것들의 위대함, 그걸 오랫동안 지켜온 그들의, 그리고 어쩌면 그들과 닮아 있을 당신에게 박수를 보내고 싶습니다.

당신이 눈에 보이고 손에 잡히는 무언가를 만들거나 새 생명을 불어넣는 사람이라면 진심으로 당신의 손길에 무한한 감사와 존경을 보냅니다. 세상은 온통 서비스업과 금융에 대해서 떠들지만 사실 가장 중요한 건 '물질' 아닐까요? 우리가 먹는 식량이나 세상을 살아가는 데 필요한 물건들을 만들어내는 일은 정말 귀하고 소중한 일이니까요. 당신 같은 분들의 성실한 노동과 노력이 맺은 결실을 누리는 사람으로서 당신의 하루에 뜨거운 박수를 보냅니다.

당신이 만약 돌봄 노동을 하고 있다면, 당신의 오늘에 깊이 고개를 숙입니다. 제 친구들이 엄마가 되고, 또 부모님이 저보다 작아지고 나니 조금 알 것 같습니다. 말로만 듣던 가사와 돌봄 노동의 고됨을 말입니다. 24시간 휴식 없이, 365일 휴일 없이 돌아가는 일상과 뚜렷한 대가 없이 나를 지워야 하는 삶, 쉼

없는 감정노동과 그 과정에서 느끼는 스스로에 대한 실망과 피로감. 하지만 '가족'이라는 이유만으로 그 모든 걸 삼켜내야 하는 그 어려운 순간을 지나는 당신의 마음을 꼭 안아주고 싶습니다.

만약 당신이 학생 또는 수험생, 취준생이란 이름표를 단 방황하는 청춘이라면 축 처진 당신의 어깨를 토닥이고 싶습니다. 아무 것도 한 게 없는 것 같지만 분명 바삐 지냈을 당신의 하루에 박수를 보내며 설령 아무 것도 하지 않은 날일지라도 수고했다고 말해주고 싶어요. 미래에 대한 불안과 부담을 안고 버티는 것만으로도 엄청난 에너지가 든다는 걸 너무도 잘 아니까요. 그런 당신을 향해 두 팔을 활짝 벌리고 싶습니다. 힘들 때 달려오는 당신을 꼭 안고 지친 등을 쓸어줄 수 있도록.

서로를 모르지만, 어쩌면 한 번쯤 스쳐 지났을지도, 서로에게 영향을 주고 있을지도 모를 당신에게 말해주고 싶습니다. 이 미친 세상에서 하루하루를 살아내고 있다는 사실, 그 하나만으로도 우린 꽤나 대단한 거라고. 뭐 그런 사소하고 뻔한 이야기를 하고 있나 싶겠지만 어쩌면 세상은, 우리의 삶은, 그 하찮고 뻔한 것들의 힘으로 이어지는 게 아닐까요? 설령 아무런 일이 일어나지 않았다고 해도 당신의 삶은 대단합니다. 큰 사고가 없기에 현재의 삶이 단단하다는 걸 모를 뿐, 당신의 안전하고 단순한 하루는 방황하는 누군가의 절박한 꿈일지도 모른다는 사실을 잊지 마세요.

어딘가에서 당신과 비슷한 하루를 힘겹게 혹은 소소하게 살아내는 누군가가 있다는 사실이 작은 위로가 되길 바라며, 기억하세요. 보이지 않은 곳에서 당신을 응원하는 누군가가 있음을요.

반드시 또 돌아올 당신의 봄을 응원합니다.

2024년 봄의 끝자락에서
마음을 담아, 드림

<부록>

편지 수신인 정보

건조 버전

글로 만난 친구
전 직장동료 현 친구
인생 선배이자 대모님
북마켓에서 만난 동료
글쓰기 워크숍 참가자
'담아, 봄' 구독자

축축 버전

나를 향해 박수를 쳐 주는 친구

자신이 가진 걸 기꺼이 나누어 주는 친구

무수한 술과 밥, 마음을 내어주던 언니

못 미더운 날 믿고 지지해주는 친구

그게 무엇이든 내 선택을 응원해주는 친구

내 성취 앞에 진심으로 기뻐해주는 친구

든든하고 소중한 팬

고맙고 고마운 사람

축복과 환대를 건네는 사람

받은 마음을 더 크게 돌려주고픈 사람

그리운 사람

세상의 언어로 온전히 표현할 수 없는 존재